THOMAS MORUS

ET CAMPANELLA,

OU

ESSAI SUR LES UTOPIES CONTEMPORAINES

DE LA RENAISSANCE ET DE LA RÉFORME,

THÈSE

Présentée à la Faculté des Lettres de Paris.

PAR

ANTOINE-CLÉOPHAS **DARESTE**,

Licencié ès-lettres, Agrégé d'histoire.

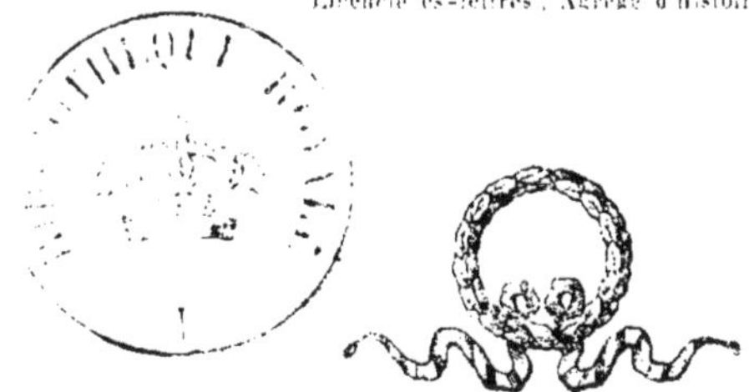

PARIS,

IMPRIMERIE ADMINISTRATIVE DE PAUL DUPONT ET Cie,

Rue de Grenelle-Saint-Honoré, n. 55.

1845

A MON PÈRE.

THOMAS MORUS ET CAMPANELLA.

> **Quid rides? Mutato nomine, de te**
> **Fabula narratur.**
>
> HORACE, *Satires*, liv. Ier.

Il s'est trouvé de tout temps des hommes que le spectacle des maux de notre monde a frappés, et dont la sympathie ingénieuse a rêvé une vie idéale, une société imaginaire plus pure et plus parfaite. Semblables à ces enfants de la vie d'Esope, qui, portés par des aigles, bâtissaient en l'air un édifice sans fondements, ils ont travaillé dans le champ de l'infini. Pour eux le réel n'était rien; ils voulaient devancer l'œuvre du temps, trop lente à leur gré : la réflexion leur semblait une arme impuissante; ils recouraient à l'inspiration qu'ils proclamaient infaillible.

Etudier les utopies de tous les temps, leur formation, leur développement successif, chercher leurs points de rapport, et les suivre dans le commun naufrage où elles ont péri, assister au spectacle qu'offre l'esprit humain s'agitant sans cesse dans la même sphère dès qu'il abandonne le réel pour le possible, ce serait entreprendre une tâche à la fois pleine d'intérêt et d'enseignement. Le genre du rêve social est un de ceux sur lesquels l'activité intellectuelle s'est toujours exercée de préférence. Mais l'histoire en serait longue; nous en détacherons un épisode qui fera le sujet de ces recherches.

Vers la fin du moyen âge, il y eut une époque de crise où l'Europe changea, transforma ses institutions. Elle secoua le joug féodal et sacerdotal pour chercher dans une nouvelle organisation de chaque état les bases d'une société plus fixe et plus régulière. Trois siècles durant, elle s'agita pour arriver à ce but, et n'eut de repos que le jour où elle l'eut atteint. Ce furent trois siècles de travail intérieur; tout ce qui tenait au passé devint l'objet d'une réaction; tous les principes de la société civile ou religieuse tombèrent dans le domaine de l'examen : rien ne put échapper aux attaques souvent violentes de l'esprit de critique, de l'esprit novateur.

Ceux qui crurent avoir mission de diriger le monde et de lui ouvrir une voie nouvelle, étaient loin de s'accorder entre eux et de suivre une ligne commune. La plupart voulaient améliorer sans détruire ; en se réservant l'avenir, ils acceptaient l'héritage du passé. Mais d'autres plus hardis, ne tenant aucun compte des faits réels, et pleins d'un mépris superbe pour l'histoire, faisaient d'abord table rase, déclaraient, au nom de principes philosophiques dont ils se proclamaient les soutiens, la société de leur temps illégitime, objet de scandale. Les ruines faites, ils apportaient au besoin de nouvelles théories, et relevaient l'édifice renversé. Les réformes extrêmes et radicales furent prêchées sans interruption par ces nouveaux apôtres, depuis le quatorzième siècle jusqu'au dix-septième.

Comme l'inspiration était leur seule méthode, chez eux le rôle de l'imagination devait être exclusif. Leurs œuvres sont le fruit d'une synthèse précipitée qui n'a pas débuté par l'analyse : ils ont entrevu les questions qu'ils devaient résoudre ; jamais ils n'en ont eu l'idée claire et complète, jamais ils ne se les sont formellement posées. Ce qu'ils n'ont pas fait, nous devons le faire, si nous voulons éviter le même écueil, et ne pas nous laisser entraîner dans le vague de spéculations imaginaires et incohérentes.

Le but des utopistes n'a pas été de résoudre abstractivement les questions philosophiques du bien, du bonheur, de la fin de l'homme, ou des règles qui doivent présider soit au choix de ses croyances, soit à sa conduite morale. Leur but a été celui d'une application toujours immédiate ; ils se sont demandé quelle était la forme de société la mieux appropriée aux destinées de l'homme, celle dans laquelle il pouvait produire la plus grande somme de bien et recevoir en échange la plus grande somme de bonheur.

L'homme vit pour la société et pour lui-même. Les utopistes devaient donc se placer à un double point de vue. De là, en effet, naissent deux ordres d'idées qui se rapprochent sans doute, mais qui diffèrent l'un de l'autre.

Au premier de ces deux points de vue, on trouve que les questions soulevées par les utopistes peuvent se réduire à quatre principales. Les trois premières sont celles de la liberté, de l'égalité, de la propriété.

Tous les utopistes, quelles que soient entre eux les divergences partielles, s'accordent à demander que tous les hommes soient égaux et libres, et croient le triomphe de ces deux principes attaché à la ruine de la propriété individuelle. La quatrième question est celle de l'organisation du travail.

Au second point de vue, la question religieuse et philosophique domine: toutes les autres peuvent lui être subordonnées et ramenées.

Cela posé, nous devrons, pour traiter notre sujet, rechercher sous quelles influences sont nées, aux XIVe et XVe siècles, les tentatives de réforme sociale, comment elles se sont développées dans les deux siècles suivants, quelle carrière elles ont parcourue, quelle destinée elles ont subie. Comme elles se résument toutes en quelque sorte dans l'utopie de Thomas Morus et la Cité du Soleil de Campanella, nous devrons faire une sérieuse analyse de ces deux ouvrages, mais sans les isoler du grand mouvement auquel ils appartiennent et que nous essayerons de comprendre. Nous examinerons quelles solutions ils ont données aux problèmes que nous avons énumérés. Nous consacrerons quelques pages à leurs nombreux imitateurs. Enfin nous résoudrons la question qui doit venir couronner cette thèse. « Faut-il ne voir dans les théories des réformateurs utopistes que de vagues et d'inutiles spéculations, ou doit-on leur accorder une valeur réelle? »

Une classification des utopies sur le modèle des classifications adoptées pour les systèmes philosophiques pourrait, ce semble, jeter plus de clarté sur notre sujet, et mieux faire ressortir le côté saillant, original, de chacune d'elles. Mais les éléments d'une classification sont ici beaucoup moins nombreux et beaucoup moins distincts. On classe les systèmes de philosophie suivant les questions ou suivant les méthodes. Ici la méthode est toujours la même: toutes les utopies sont nées de l'inspiration et de l'inspiration seule; si elles étaient le produit d'une autre méthode, elles cesseraient d'être des utopies; les questions aussi varient très peu, et le cercle en est borné. Cependant, d'après la place et l'importance que chacun des utopistes leur donne, d'après les préoccupations diverses de chaque époque et la nature des influences auxquelles elle a obéi, on pourrait établir au moins pour les temps modernes la division suivante:

Une première classe comprendrait les hérésies du moyen âge qui, s'appuyant sur les livres saints diversement interprétés, ont essayé de réaliser une société idéale qui s'accorderait avec leur texte. Quelques unes de ces hérésies ont avec les véritables utopies trop de points de contact pour n'en être pas rapprochées. Telles sont, dans la dernière partie du moyen âge, celles des Fratricelles, des Lollards, des Hussites même, ou du moins des fanatiques exaltés qui vinrent après Wiclef et Jean Huss. La question religieuse ici joue un grand rôle ; cependant c'est bien moins de la religion même qu'il s'agit, c'est-à-dire des rapports de l'homme avec Dieu, que de l'organisation politique de l'Eglise. Les questions sociales de la liberté, de l'égalité sont soulevées. Celle de la propriété l'est aussi, au moins indirectement, en ce sens que toutes ces sectes établissent entre elles la communauté de biens et s'élèvent contre la richesse de l'Eglise. Mais on ne songe pas encore à aller au delà, il ne s'agit pas de constituer la société nouvelle, d'organiser le travail : il s'agit d'attaquer et de battre en brèche le double édifice de l'Église et de la société civile, en commençant par celui de l'Église.

On rangerait dans la seconde classe les utopies nées de la Renaissance, celles qui s'attachent non plus aux livres saints, mais aux souvenirs et aux exemples de l'antiquité. L'utopie de Thomas Morus est ici le chef-d'œuvre du genre. Les questions traitées sont les mêmes que précédemment; mais cette fois c'est contre la société civile que sont dirigées les plus rudes attaques ; en effet, ce ne sont plus des hérétiques, ce sont des hommes politiques qui donnent le signal du combat. Cette fois la question de l'organisation du travail trouve sa place : on sent que ce n'est pas tout de détruire, qu'il faut réparer les ruines. Mais elle n'est que posée; l'ignorance de la science économique empêche qu'elle reçoive même une apparence de solution.

Dans la troisième classe viendraient se placer les utopies nées de la Réforme ; celles dans lesquelles la question religieuse a tout absorbé. Il y eut en effet une école, composée presque exclusivement de catholiques qui, emportés par le zèle de leurs opinions théocratiques et ultramontaines, essayèrent de combattre les partisans de Luther et de Calvin en prêchant des réformes d'un autre genre. Ainsi fit Campanella, le plus célèbre représentant de cette école. Les questions sont les mêmes que dans la classe précédente, mais elles sont exclusivement traitées du point de vue religieux.

Une quatrième classe serait celle des utopies nées du mouvement imprimé aux esprits par la révolution d'Angleterre et par celle de France : ces révolutions étant toujours devancées et suivies par quelques tentatives hardies et sans but bien arrêté. Les questions politiques jouent ici le rôle principal ; elles ramènent tout à elles ; cependant elles se compliquent aussi de la question religieuse, surtout en Angleterre.

Enfin les utopies récentes, contemporaines, formeraient une dernière classe qui aurait des caractères plus distinctifs et des signes plus faciles à reconnaître. Chez elles, en effet, la question de l'organisation du travail, la question économique a pris le premier rang. Sans doute on fait aux autres leur part, et chaque intérêt est observé, protégé ; mais l'intérêt de la production et de la consommation, l'intérêt du bien-être général, est regardé comme supérieur, et tous les autres lui sont subordonnés.

Ainsi donc, en négligeant la première classe qui contient moins des utopies que des précédents d'utopies, il resterait quatre classes fondées sur les différences que présente la base des systèmes. La Renaissance, la Réforme, les révolutions politiques, enfin la science économique, ont produit tour à tour différents genres d'utopies. Cette classification est sans doute arbitraire ; elle facilitera du moins notre travail, et nous servira à mieux juger, car nous pourrons mieux demander compte à chaque genre des principes sur lesquels il repose. Les utopies ne doivent pas ressembler et ne ressemblent pas toutes à ces rêves qu'un rien efface et dont la trace disparaît aussitôt : elles ne peuvent avoir de crédit et de popularité qu'à la condition de renfermer des vérités qu'elles ont pour mission de faire passer dans la pratique, et qu'elles doivent toujours présenter à travers un prisme qui, de loin, les dénature.

De la difficulté que nous avons éprouvée à établir cette classification, il ressort encore un fait, c'est que toutes les prétendues réformes sociales se touchent de fort près, c'est que les différences sont partielles et la ressemblance est générale. Nos utopistes modernes doivent beaucoup à leurs devanciers. Pour nous, en écrivant cette histoire, nous ne sortons pas du présent; nous y sommes ramenés sans cesse et malgré nous. L'esprit humain se ressemble toujours à lui-même, et l'on pourrait trouver une frappante analogie entre les influences qui le dirigeaient au temps de la Renaissance et de la Réforme, et celles qui le dirigent de nos jours. Ce sera donc notre propre histoire que nous écrirons, les noms seuls auront changé : nous aurons ainsi justifié notre épigraphe.

Sur les cinq classes que nous avons distinguées, les trois premières seules seront de notre sujet.

CHAPITRE PREMIER.

Précédents des utopies aux XIVe et XVe siècles.

Le pape Clément V porta en 1315 une bulle contre les *Beggards* ou Fratricelles, et condamna plusieurs de leurs propositions. C'étaient des hérétiques qui faisaient vœu de pauvreté, des religieux mendiants qui ne possédaient rien en propre, et vivaient du pain de chaque jour, sans songer au lendemain. Parmi les propositions condamnées se trouvait celle-ci : « Que dès ici-bas l'homme peut être aussi pleinement heureux qu'il le sera dans le ciel (1). »

En négligeant ce qu'il pouvait y avoir d'hétérodoxe dans la doctrine et le genre de vie des Fratricelles, nous remarquerons une analogie frappante entre cette hérésie toute pratique, si l'on peut s'exprimer ainsi, et les prédications des utopistes postérieurs. La vie commune, l'absence de propriété, une égalité fraternelle, la liberté de chacun pouvant s'exercer sans restriction et sans contrainte, tels sont les points de ressemblance. Enfin ce séjour d'un parfait bonheur que le christianisme plaçait dans le ciel et réservait pour une seconde vie, ramené maintenant sur la terre et rendu accessible à tous, n'est-ce pas le rêve dont nous parlions tout à l'heure, le rêve du perfectionnement idéal et immédiat de la société, le rêve de Thomas Morus, le rêve de Campanella ?

Cette hérésie était née de l'esprit de réforme qui, depuis long-temps, agitait l'Europe, même à son insu, et que les papes eux-mêmes avaient encouragé. L'Eglise fut la première en butte à ses attaques, car l'Eglise alors dirigeait le monde. Grégoire VII et ses successeurs voulurent la rendre à sa pureté primitive, extirper de son sein tous les abus. La

---

(1) *Clémentines*, liv. V, tit. III, chap. 3.

principale source de la corruption du haut clergé était sa richesse ; il fallait donc, pour remédier au mal, rappeler la pauvreté du Christ et des apôtres, retremper l'Eglise dans sa partie la plus démocratique et la plus populaire, ranimer cet enthousiasme de la solitude qui détachait des biens de la terre les premiers chrétiens. Innocent III approuva les statuts des ordres mendiants. Les ordres mendiants de St-Dominique et de St-Francois, nés en vertu de ce besoin de réforme, ne vécurent que par le mysticisme. Ils opposèrent leur pauvreté aux richesses de l'épiscopat. Le mysticisme leur servit à entretenir la foi religieuse dont le haut clergé semblait avoir oublié le dépôt.

Déjà des sectes nombreuses s'étaient formées sur le modèle des Franciscains et des Dominicains, et avaient prêché le mépris absolu des biens du monde. Celle des Fratricelles exagéra leurs principes, et les surpassa toutes. En poussant l'esprit de réforme à l'extrême, les Fratricelles en vinrent à douter de la légitimité de l'ordre social ; ils ne se renfermèrent pas dans les questions purement religieuses, parce que nulle question ne l'était alors, et que la religion comprenait en elle toute science d'organisation de la société. Ils renièrent donc le passé : ils y virent ce qu'ils appelaient dans leur langage figuré le règne de l'Antechrist. En exagérant le mysticisme, ils arrivèrent à se séparer du monde, et, faisant descendre le paradis au milieu d'eux, ils s'imaginèrent jouir par avance de la vie bienheureuse, de celle que Dieu réservait à ses élus.

C'était là une première ébauche des utopies. Les Fratricelles agitaient les questions que nous avons posées plus haut, et leur donnaient une solution à leur manière. Si la question de l'organisation du travail leur était seule étrangère, c'est que, d'après les statuts des ordres religieux qu'ils prenaient pour modèle, la pauvreté devait être leur règle. Ajoutons que cette question devait venir la dernière, car elle était plus complexe, et le moyen-âge avait encore plus d'un pas à franchir avant d'arriver au seuil des idées économiques.

L'hérésie des Fratricelles disparut, mais la réforme populaire avait commencé parallèlement à la réforme pontificale, aussi enthousiaste, aussi violente que celle-là était calme et modérée. Les scandales de la papauté d'Avignon, ceux du grand schisme, favorisèrent la démocratie religieuse. Dans l'Eglise et hors de l'Eglise, les papes trouvèrent de nombreux adversaires. Sans parler des jurisconsultes qui essayèrent, comme Marsile de Padoue, de détruire la puissance pontificale en lui ôtant toute légitimité, l'école nominaliste renferma plus d'un hardi novateur. Occam, nominaliste et franciscain, sans faire encore d'utopie, donna cependant le signal de réformes téméraires et prématurées. Wiclef et Jean Huss furent ses successeurs immédiats. Wiclef et Jean Huss, hommes modérés, inflexibles dans la ligne de conduite qu'ils s'étaient tracée, étaient vertueux dans leur opiniâtreté même, et bien éloignés de pousser aux conséquences dernières les doctrines dont ils se faisaient les apôtres. Cependant ils posèrent en principe que la résistance à l'autorité établie était parfois légale; et, en renonçant à l'autorité, en abandonnant la tradition, ils donnèrent l'éveil à toutes les passions mauvaises qui, prenant la réforme pour prétexte ou pour cause, s'attaquèrent non plus à la papauté seule, mais à toute espèce d'institution. Ils déclaraient la guerre à la propriété ecclésiastique; à les entendre, elle était l'unique source du mal. Ils énuméraient avec soin les griefs qu'ils avaient contre elle, ils faisaient inventaire de toutes les misères de leur époque, et dressaient un acte formidable d'accusation. La propriété ecclésiastique était violée; la propriété laïque pouvait-elle demeurer inviolable? C'était ôter tout frein aux sectaires, et leur abandonner la société elle-même. Dès qu'il était permis d'élaguer les branches inutiles, l'arbre courait risque de périr sous la cognée.

Wiclef, disait plus tard Mélanchthon, brouille l'Evangile et la politique. C'était en effet un des caractères de sa réforme d'être sociale et religieuse à la fois, d'arriver, comme celle des Fratricelles, à changer la société par l'exaltation du mysticisme et la ferveur des croyances religieuses.

Les partis extrêmes répondirent à cet appel involontaire. Ils accusèrent la société, et la sommèrent de rendre compte. Puis, partant de ce principe qu'elle avait été jetée hors de ses voies et détournée de son but naturel, ils remontèrent à la source même des abus, et cherchèrent à ressusciter un passé que, dans leur ignorance de l'histoire, ils admirèrent naïvement. La réforme populaire, comme la réforme pontificale, revint à l'Eglise primitive, aux livres saints, à la Bible. Le passé était peu connu ou fort mal : chacun y vit la réalisation de ses rêves et démontra, preuves en main, qu'ils avaient été en effet réalisés. Les Wiclefistes et les Lollards descendaient en droite ligne des Fratricelles : comme eux, ils rendaient la propriété responsable des misères sociales; comme eux, ils prêchaient l'égalité de tous les hommes, exagérant le principe du christianisme. Ils lisaient ces réformes dans la Bible et les livres saints, où ils ne voyaient point d'évêques ni de gentilshommes (1). L'émeute de 1381 en Angleterre, et ce parti des Lollards qui causa tant d'ombrage au fondateur de la dynastie des Lancastre, présentent donc les mêmes caractères d'une réforme radicale : d'une part, la société déclarée illégitime ; de l'autre, quelques vagues efforts tentés pour la reconstruire sur une nouvelle base. Ces caractères se reconnaissent distinctement à travers le voile des intérêts politiques et immédiats qui semblent seuls guider le parti.

Comme Jean Huss fut le disciple de Wiclef, les troubles de Bohême reproduisirent ceux d'Angleterre. Les attaques dirigées contre les abus de la propriété ecclésiastique y furent encore plus violentes, et l'on vit des sectes, bien que désavouées par les Hussites même, prendre à tâche de déduire les dernières conséquences de leurs principes. Æneas Sylvius, secrétaire du Concile de Bâle, chargé plus tard par le Concile d'apaiser les troubles religieux de la Bohême et de prévenir le schisme, a laissé des hérésies bohémiennes un tableau partial sans doute, mais fidèle. La liberté d'examen en matière religieuse, la liberté d'opinion dans le gouvernement de l'Église, exagérées outre mesure dans le premier feu d'une réaction, donnèrent carrière à l'enthousiasme mystique de ces illuminés qui croyaient, en bouleversant la société, entreprendre une œuvre sainte. La haine du passé, l'espoir d'un avenir meilleur qu'ils avaient hâte de réaliser, excitaient leur zèle comme celui de leurs frères les Lollards : une de leurs sectes, celle des Picards ou des Adamites, peut servir d'exemple. Elle n'a certes pas mérité toutes les accusations dont elle a été l'objet : cependant parmi les doctrines que lui imputent à tort ou à raison les écrivains dévoués à la cour de Rome, se trouvent l'absence de la propriété et la communauté des femmes ; n'est-ce pas là une conséquence absurde, mais logique, des dogmes de l'égalité et de la fraternité universelles ? Prêchés avec modération et dans de justes bornes, ces dogmes étaient bientôt dénaturés par le fanatisme (2). Que

---

(1) On sait la chanson des Lollards :

When Adam delved and Eva span,
Who was the gentleman ?

(2) Voir Æneas Sylvius, et les auteurs cités par Lenfant (*Histoire du Concile de Bâle*), ainsi qu'une dissertation de M. de Beausobre sur les Adamites, à la suite du même ouvrage.

l'on refuse de croire à l'application de pareilles doctrines dans la pratique, que l'on regarde même l'existence des Adamites comme une invention chimérique et une accusation calomnieuse des défenseurs de la papauté, nous ne voyons pas que le fait soit invraisemblable, inadmissible. Pourquoi la réforme de Jean Huss n'aurait-elle pas été dépassée par un parti extrême, comme l'avait été celle de son maître Wiclef?

La société s'est-elle effrayée de ces protestations ? Nullement : l'Eglise a combattu les Lollards et les Hussites, parce qu'elle savait qu'une réforme était imminente, inévitable, et que cependant elle voulait en prendre elle-même l'initiative et la responsabilité. Il y avait un grand danger pour elle à la laisser accomplir par des mains étrangères, peut-être ennemies. Au moment où le monde allait faire un pas de plus dans la voie de toute civilisation et de tout progrès, l'Eglise songeait à l'y guider elle-même. Tel avait été son rôle jusqu'alors : elle savait que le jour où elle abdiquerait cet important patronage, sa domination serait passée. Une lutte s'engagea donc, ardente, sérieuse ; mais ces doctrines subversives de toute société, ces aberrations de l'esprit réformateur dont nous parlions plus haut, furent loin d'y jouer le principal rôle. L'Eglise n'y vit qu'une arme de plus pour combattre ses adversaires, et ceux-ci repoussèrent souvent des alliés dangereux qui pouvaient compromettre leur cause.

Cependant ces théories d'une société plus heureuse et d'un avenir plus conforme aux lois divines, rejetées par le bon sens populaire, dédaignées par les véritables réformateurs, reléguées parmi des sectaires fanatiques et persécutés, ces théories vécurent, se renouvelèrent pendant tout le quinzième siècle. Il y eut toujours un écho pour répéter le cri de guerre des Lollards et des sectes bohémiennes. Ces protestations furent impuissantes, mais permanentes. C'est une règle, en effet, que nul principe de réforme longtemps proclamé et soutenu ne puisse échapper aux esprits exaltés qui s'en emparent, et en font sortir, par une logique aveugle, tout ce qu'il contient. Ensuite un élan spontané, général, portait alors vers le mysticisme. Les plus grands esprits du siècle se laissèrent entraîner ; l'homme sembla fatigué de la vie présente ; il s'absorba tout entier dans la contemplation et les pieuses extases, comme s'il eût voulu anticiper sur la vie à venir.

Mais le mysticisme, car c'est à lui que nous pouvons attribuer les rêves des Fratricelles, des Lollards et des Hussites, ne laissa rien après lui. Nous connaissons surtout ces trois sectes par les persécutions dirigées contre elles, par les condamnations qu'elles ont subies. Elles n'ont pas écrit, elles n'ont pas formulé leurs doctrines, ou du moins il n'est resté d'elles ni livres ni manifestes. Pour trouver un catéchisme des réformes radicales, il faut attendre la Renaissance. Alors seulement l'esprit philosophique, réveillé par les souvenirs de Platon, vint s'appliquer à ces idées populaires, précisa ce qu'il y avait en elles de vague, d'indéterminé, fit naître enfin la première utopie.

Un des caractères les plus frappants du seizième siècle fut cet amour de l'antiquité, cette passion de savoir qui travaillait les esprits, et dont on ne trouverait peut-être pas un second exemple. Il y eut alors des vies entières absorbées dans l'érudition, comme il y en avait eu au siècle précédent d'absorbées dans le mysticisme. L'érudition fut une sorte de culte, le passé devint l'objet d'une religion nouvelle, religion qui eut aussi ses fanatiques. Les hommes de ce temps étaient placés dans une sphère intellectuelle trop différente de la nôtre, pour qu'il nous soit facile aujourd'hui de nous reporter au milieu d'eux, de vivre de leur vie et de nous associer à leurs pensées. On en vit plusieurs oublier leur siècle, redevenir contemporains de leurs modèles, se faire plus anciens que les anciens eux-mêmes.

Cependant le monde moderne, dans lequel ils semblaient jetés par anachronisme, ne pouvait leur être toujours étranger. Ce n'était plus le temps où de longues années s'écoulaient, ensevelies dans la solitude d'un cloître, le silence d'une cellule. Déjà la science était sécularisée, elle voulut de bonne heure le grand jour, la discussion libre. Elle voulut avoir sa part d'influence, comme l'avait eue la religion, jouer comme elle son rôle dans la direction des choses humaines. Elle ne pouvait faire un long séjour dans les hauteurs de la spéculation pure ; il fallait que tôt ou tard elle descendît à la pratique, à l'action; sa place était marquée d'avance dans les grands débats du siècle : nul obstacle ne pouvait la retenir.

L'étude de l'antiquité, en réveillant bien des souvenirs, en mettant au monde bien des idées nouvelles, opéra toute une révolution morale. Elle révéla l'identité de l'homme et de la société aux différents âges, identité qui subsiste sous les variations les plus apparentes, et qui fait l'éternel intérêt des grandes questions, l'éternelle jeunesse des grands génies. Elle enseigna la fraternité des peuples et brisa le cercle étroit d'un patriotisme exclusif : la religion était déjà cosmopolite, la science le fut plus encore. Si la société est toujours identique à elle-même, si les peuples sont tous frères, ne doit-on pas s'aider, pour la direction du présent, de la connaissance du passé, de l'expérience des siècles? La grande idée de Pascal ou de Bacon fut pour la première fois pressentie. Ceux aux regards desquels se dévoilaient les rapports de la société antique avec la société moderne, songèrent dès lors à conduire un monde dont ils connaissaient le point de départ, et dont mieux que d'autres peut-être ils pouvaient prévoir le but. Héritiers de leurs prédécesseurs dont ils continuaient la personne, n'étaient-ils pas plus vieux en comparaison, puisqu'ils étaient plus éloignés de l'enfance du monde!

Ainsi ce culte de l'antiquité, auquel le seizième siècle consacrait toutes ses forces et ses veilles, se conciliait avec les préoccupations de chaque jour, avec la discussion des intérêts tout modernes. Beaucoup se préparaient par ces études, alors nouvelles, à la lutte qui allait commencer : « Savoir, c'est pouvoir, » a dit Bacon. Vivre dans le passé, c'est encore vivre dans le présent, car l'un ne peut être compris sans l'autre, et ils se confondent, malgré l'intervalle qui semble les séparer.

Au seizième siècle toutes les questions sociales et politiques furent discutées, approfondies. L'érudition en eut d'abord tout l'honneur; Erasme, Morus, Bodin étaient des érudits. Ce fut même longtemps un usage que toute liberté philosophique, toute hardiesse de la pensée se couvrît d'un vernis d'érudition : Rabelais, Montaigne peuvent servir d'exemples.

Rien de semblable ne s'était vu jusqu'alors. Ni les tentatives des légistes, qui dès le douzième siècle avaient ressuscité quelques traditions de l'empire des Césars pour étayer la plupart des royautés de l'Europe, ni les efforts restreints et momentanés des communes soit en France, soit en Angleterre, pour exercer sur le gouvernement au moins un droit de contrôle, n'avaient pu faire éclore une telle révolution dans les idées. Les érudits, en livrant au monde les secrets des manuscrits dont ils secouaient la poussière, popularisèrent la science et l'esprit d'examen. Pour la première fois on trouve alors un exemple de cette activité intellectuelle, de ce mouvement non interrompu de la pensée, qui fait l'un des caractères principaux des temps modernes. Dogmes religieux ou philosophiques, dogmes politiques et sociaux, la discussion a tout envahi. Elle sort même de bonne heure des hautes régions u monde savant, et travaille à élever le niveau intellectuel jusqu'à faire e l'opinion publique une puissance.

C'est surtout aux époques de crise, comme l'était celle-là, que les sprits se préoccupent de la forme indécise et vague d'une société à enir, vers laquelle, à tort ou à raison, semble graviter le monde. Jamais es réformes radicales, celles qui sapent la société par sa base pour la econstruire sur de nouveaux plans, n'ont frappé et entretenu les maginations plus qu'au seizième siècle. Les plus impatients, lassés les inévitables lenteurs d'une réforme partielle, aspirèrent à atteindre l'un bond le but qu'ils avaient rêvé.

Il est digne de remarque que les premières utopies soient filles de a Renaissance. On venait de découvrir le monde du passé; on avait econnu le lien qui le rattachait au présent : il semble donc que l'on eût dû accepter les faits accomplis, respecter l'histoire, tirer d'elle des leçons d'une utilité pratique, élever sur des fondements antiques 'édifice de la société nouvelle. Il y avait dans le système des utopistes une contradiction flagrante : elle suffisait pour le condamner.

Mais cette méthode que nous signalons eût été fort longue : il eût fallu observer attentivement la marche progressive des choses humaines jusqu'au XVIe siècle, déterminer la loi qui préside à leurs destinées, chercher ensuite l'application de cette loi dans l'avenir. On ne pouvait arriver là que par de patientes recherches et par l'œuvre lente le la réflexion. Dans les premiers temps de la Renaissance, au conraire, on étudiait encore l'antiquité avec quelques-uns des préjugés du moyen-âge. L'inspiration servait de guide, et le mysticisme n'était pas seulement la règle du cœur, c'était encore la seule méthode scientifique avouée. On pressentait vaguement l'importance de la science, la supériorité qu'elle donne. Les réformateurs faisaient tous un long commentaire de cette proposition de Platon, que les hommes seront vraiment heureux lorsque la philosophie et la science assises sur le trône leur donneront des lois. Mais la science n'était pas encore faite; mais la philosophie historique n'était pas née. L'esprit moderne eut recours à la spontanéité : il lui demanda ce que la réflexion ne pouvait donner encore. Il voulut refaire le monde *à priori*, tel qu'il devait être, et ne s'effraya pas de la difficulté d'une semblable entreprise. L'imagination et la témérité pouvaient y suffire. Au lieu de partir du réel pour arriver à l'idéal, il prit l'idéal pour point de départ, se réservant de revenir ~~ensuite~~ au réel qu'il voyait dans une perspective encore éloignée. Il franchit volontiers tous les obstacles : il adopta les théories les plus hasardées, les plus spécieux paradoxes. La république de Platon ne l'effraya pas : loin de là, il accueillit avidement les idées des anciens qui décelaient une tentative semblable à la sienne; il sembla reconnaître qu'il lui manquait un point d'appui, et il le chercha dans ces traditions éparses de l'antiquité. Croyant ainsi rattacher l'avenir au passé, et doubler leur force, les nouveaux prophètes eurent en eux-mêmes une foi aveugle et annoncèrent leur infaillibilité.

Les plans d'Etats imaginaires que tracèrent les réformateurs du seizième siècle, en prenant Platon pour modèle, appartiennent à une pensée commune, pensée de civilisation et de progrès. L'Utopie et la Cité du Soleil, tout en admettant les réformes radicales dont nous avons parlé plus haut, les épurent en quelque sorte et les modifient par l'alliance d'une érudition plus sûre, d'une philosophie plus systématique et plus complète. Elles ne peuvent sans doute les fondre dans un système bien lié, dont toutes les parties soient coordonnées entre elles ; mais c'est là le but auquel elles aspirent. Jusqu'alors vagues, indécises, ces ébauches reçoivent une forme plus précise et mieux déterminée.

CHAPITRE II.

Analyse de l'Utopie de Thomas Morus.

Thomas Morus naquit en 1480. Son père était juge à la cour du banc du roi. Lui-même, élevé dans l'étude des lois anglaises, embrassa la magistrature, fut créé chevalier, nommé orateur du parlement, et parvint sous Henri VIII à la dignité de chancelier. Il joua un rôle dans la diplomatie qui commençait alors à régler les intérêts des puissances, et fut un des principaux négociateurs du traité de Cambrai. La faveur royale lui semblait acquise; mais il ne se faisait point d'illusion à cet égard, et il a rappelé plusieurs fois que les chaînes des courtisans taient des chaînes dorées. Jamais il n'aima le pouvoir absolu. Rigide défenseur des lois que voulait violer Henri VIII, on le vit s'opposer formellement, par une de ces résistances qui semblaient héréditaires chez les chanceliers anglais, au divorce du roi et de Catherine d'Aragon. L'opposition qu'il manifesta dans cette affaire, la persistance qu'il mit à combattre tous les actes de la couronne, ayant pour but de séparer l'Angleterre de la cour de Rome, le perdirent. On trouva moyen de l'envelopper dans la conjuration de Fisher, évêque de Rochester, et des prêtres papistes. Après une assez longue captivité dans la tour de Londres, il périt sur l'échafaud, martyr de la liberté politique et religieuse, le 6 juillet 1535.

Thomas Morus avait voyagé sur le continent. En France et dans les Flandres, il s'était lié d'amitié avec Erasme et les hommes les plus célèbres du temps. Il se forma surtout dans ce commerce d'esprits nourris par la méditation et l'étude; ses entretiens, au dire d'Erasme, avaient tout le charme de ceux des anciens philosophes. Bien que dévoué au catholicisme, il appartenait à cette école de libres penseurs qui regarda favorablement les premiers essais de la Réforme, et ne se sépara d'elle que lorsqu'elle eut dépassé le but. Inflexible, étranger aux passions dont les partis étaient aveuglés, il eût paru comme un puritain du catholicisme, si tout en lui n'avait respiré le calme et la sérénité d'esprit. Ses derniers jours furent le modèle de la plus parfaite résignation chrétienne, et quelque prévention qu'inspire le panégyrique, l'histoire d'Angleterre, on peut le dire, offre peu de caractères aussi nobles que le sien.

S'il y avait lieu de s'étonner, ce serait de voir un légiste et un théologien, l'homme de la loi civile et de la loi religieuse, écrire la première utopie, et renier les institutions établies pour en créer de nouvelles. Mais il faut se rappeler que l'érudition fit naître partout la liberté d'esprit, et l'érudition fut surtout cultivée par ceux que leur vocation appelait les premiers à de longues et savantes études. Dans la France, qui, au seizième siècle, fut sa patrie, l'érudition fut l'apanage des théologiens et des légistes. C'est ici surtout qu'il convient de rappeler que les savants d'alors vivaient dans un double monde, celui de la réalité et celui de l'imagination, et que, par un effort d'esprit perpétuel, ils passaient de l'un à l'autre sans les confondre. Thomas Morus dut chercher à résoudre d'une manière abstraite ce problème : « Quelle serait la forme d'une société reposant sur des bases contraires à celles de notre société actuelle? » La question posée fut résolue, et l'auteur crut à l'excellence de sa découverte. Qu'il ait laissé son œuvre à l'état de théorie, qu'il ait cru cette théorie inapplicable de son temps, et qu'il l'ait momentanément reléguée dans le pays des chimères, nous lui en saurons gré; mais l'utopie était une œuvre réelle à ses yeux; il y avait pour lui illusion, sinon conviction. C'était la meilleure forme de société qu'il pût concevoir, car il croyait en avoir banni tous les maux de notre monde; c'était comme une révélation de l'avenir. Ne pouvait-on pas penser que l'homme qui aspire sans cesse vers le bien, arriverait enfin à vivre un jour d'une vie plus conforme à sa nature et aux desseins de Dieu? Devait-il être condamné, dans cette longue épreuve de la vie réelle, à ne rêver jamais du terme désiré, à ne jamais contempler dans une vision prophétique cette terre promise où il oubliera les fatigues et les travaux du voyage?

Quel spectacle l'Europe offrait-elle aux premières années du seizième siècle? Toutes les institutions du moyen-âge encore debout, mais menaçant ruine, et leurs abus devenant plus intolérables et plus odieux; d'autre part, de nouveaux besoins, de nouvelles idées se faisant jour avec le génie moderne, et les peuples aspirant, au premier souffle de la Réforme, vers un avenir inconnu, mais qu'ils croient meilleur. Quant à l'Angleterre, après les longues guerres de la Rose Blanche et de la Rose Rouge, elle cherche à oublier au sein de la paix les maux de ses révolutions intérieures. C'est l'époque où ses institutions prennent une certaine fixité, où l'administration devient plus régulière. Débarrassé en partie des entraves dans lesquelles le retenait une aristocratie jalouse, le pouvoir absolu du premier des Tudors avait travaillé à faire de l'Angleterre une grande nation. On peut dire que le règne de Henri VII est l'ère véritable de la prospérité de ce pays et de l'influence qui lui était réservée en Europe.

La cour de Henri VIII devait donc prendre une gravité toute nouvelle; l'importance d'une politique dont les relations s'étendaient de jour en jour, la préoccupation des esprits pour les intérêts publics, et comme un pressentiment des changements à venir, devaient influer sur les vieilles mœurs anglaises. Depuis que le rôle des communes était annulé, cet esprit de prévoyance inquiète qui régnait au milieu d'elles avait été s'établir à la cour, s'était emparé de ceux qui entouraient le roi. Thomas Morus raconte qu'un jour, à table chez le cardinal Morton avec tous les dignitaires du royaume, il assista à une liscussion assez semblable à celles qui avaient lieu autrefois dans les chambres du parlement. La conversation ne roula que sur les désorlres dont l'Angleterre était le théâtre, l'inefficacité de la peine de nort, et l'inutilité des couvents. Un moine qui se trouve parmi lest convives, ardent réformateur tant que l'existence de son ordre n'es pas mise en cause, prend sa défense dès qu'il est attaqué, et, malgré es sarcasmes dont on l'accable, parvient, à force de violences et de ophismes, à obtenir grâce pour les monastères. Ce repas n'est pas ne fiction : pareilles scènes durent souvent se reproduire. La réforme les abus préoccupait tous les esprits, mais chaque abus avait pour défenseurs ceux qu'intéressait son maintien; et comme l'ignorance alors très naturelle des matières politiques venait accroître les lifficultés, les plus beaux projets de réforme tombaient devant d'insurmontables obstacles.

Qu'on se figure Thomas Morus sortant d'une de ces assemblées où es principes de la politique et de la société elle-même ont fait naître le vives discussions, ayant soutenu sans succès quelques-unes de ses hèses favorites, quelques-uns de ses paradoxes où l'a jeté le désir de ortir enfin de la longue incertitude dans laquelle il est plongé; qu'on e le figure repassant en idée les arguments dont il s'est servi, rappelant tous ses souvenirs, cherchant au besoin des armes pour ses théories dans l'arsenal de son érudition. Voyez-le se pénétrer de plus en plus de sa propre conception; éclaircir ce qu'il n'avait aperçu d'abord ue d'une manière obscure et confuse, puis évoquer enfin le fantôme e son Utopie. Dans son point de départ, il observe les maux de l'Angleterre, et cherche à les guérir; mais, entraîné peu à peu par la pente le ses idées et par la secrète conviction qu'elles ne seront pas suivies, atteint bientôt la spéculation et voyage en plein idéal. C'est alors que imagination a beau jeu, que tous les souvenirs de l'antiquité viennent rouver place dans ce monde fantastique, véritable pandémonium de érudition et de la réforme, où les idées les plus saines et les plus extravagantes sont réunies. Comme le créateur de ce monde nouveau 'est pas arrêté par les entraves de notre monde réel, comme le pouvoir de son souffle et de sa parole s'étend au-delà même des limites du possible, sa pensée ne connaît point d'obstacle, et ne sait ce que c'est u'objection. Elle marche libre, indépendante, et se fait un jeu de sa émérité. Puis, lorsque l'œuvre est terminée, moitié sérieusement, moitié par caprice d'esprit, l'auteur, y jetant un dernier regard, perd quelque peu de cette confiante illusion qui l'avait si longtemps soutenu : il hésite à reconnaître s'il est possible de découvrir *à priori* et par l'inspiration seule ce que la réflexion ne pouvait donner.

Ainsi dut être écrite l'Utopie. Le charme du style, l'apparente simplicité du système, cette ardente philanthropie qui s'attache à guérir les misères humaines, et par-dessus tout l'appât de la nouveauté, plurent aux érudits, aux littérateurs. Les discussions philosophiques furent dès lors transportées sur ce terrain ; les esprits s'enflammèrent au récit de ces lointains voyages : âge d'or ou paradis terrestre, chacun voulut découvrir un monde imaginaire et toucher en idée le rivage de sa nouvelle Amérique.

L'idée fondamentale de l'Utopie, est que la science est faite pour gouverner le monde ; c'est là son lot, sa mission divine. Qu'elle songe donc à devenir pratique, et à s'emparer de la direction des choses humaines pour le bien même de l'humanité.

Mais la politique est de deux sortes, contingente ou nécessaire, relative ou absolue. La politique relative est celle qui, ne pouvant atteindre le plus grand bien, se contente de songer au moindre mal, celle qui se conforme aux temps, aux circonstances, qui se plie aux exigences du siècle, celle qui, loin de heurter de front les erreurs, prépare longtemps les reformes, avant de les accomplir. La politique absolue ne sait point fléchir ainsi ; elle ne se contente pas du bien partiel, elle le veut tout entier. Si le bâtiment est vieux, elle ne cherche pas à l'étayer par de nouveaux supports, elle le renverse pour en élever un autre sur ses débris.

Dans le premier de ces deux systèmes, le philosophe étudie les rouages de la société, il cherche à les mieux disposer, à les faire marcher avec plus d'harmonie. Dans le second, il s'éloigne du monde qu'il ne peut changer et renonce à la pratique pour la théorie. Thomas Morus a d'abord suivi la politique relative ; il a cru, comme tous les hommes de son siècle, que la société au sein de laquelle il vivait était susceptible de perfectionnement. Après s'être mis à l'œuvre, il a perdu courage, et s'est rangé parmi les adeptes de la politique absolue. Ne pouvant résoudre le problème avec la réflexion seule, il a eu recours à l'intuition, à l'inspiration soudaine qui l'a éclairé d'une vive lumière. C'était s'éloigner du monde actuel, mais il s'est souvenu que Platon conseille à la philosophie de garder plutôt le silence que de céder aux masses ignorantes sur lesquelles elle ne peut avoir d'action. Ne vaut-il pas mieux sacrifier le monde réel à la philosophie, que la philosophie au monde réel?

Comme il faut cependant justifier ce système au moins en apparence, Morus insiste longuement sur les maux sans nombre de notre monde, sur les plaies sociales qu'il est difficile de sonder, impossible de guérir. Tous les abus qui soulevaient alors la question de réforme sont soigneusement énumérés, exagérés peut-être par la prévention. Nous devons nous arrêter un instant sur cette partie négative de l'Utopie. Il peut y avoir un certain intérêt historique à chercher ce que pensait Thomas Morus de l'Angleterre au temps de Henri VIII, car il semble que l'Angleterre soit à ses yeux le monde entier; c'est en elle qu'il se renferme; au-delà il ne voit plus rien : remarquons aussi qu'il combat autant d'abus passagers que d'abus permanents. Vus à travers le prisme grossissant de l'esprit réformateur, ces abus pouvaient paraître monstrueux, mais étaient-ils tous inherents à la forme de société qu'il en rendait responsable?

L'absence de sécurité publique et le nombre infini de crimes de tout genre dont l'Angleterre est le théâtre frappent surtout Thomas Morus. On rend les lois de plus en plus sévères, et leur sévérité est inutile. C'est qu'il vaudrait beaucoup mieux prévenir le mal que le punir. Qu'importe que le châtiment soit hors de proportion avec le crime, si le crime est devenu nécessaire? Celui qui a faim volera pour apaiser sa faim : il était sûr de mourir, la crainte d'une autre mort l'arrêtera-t-elle? Tout le mal est dans l'inégalité des conditions : il faut s'en prendre à l'existence d'une noblesse nombreuse, amie du luxe et de la dépense, qui exige des terres ce qu'elles ne peuvent rendre, et réduit les cultivateurs à la misère. Il faut s'en prendre à ce cortége de valets richement équipés dont chacun des nobles s'entoure; le maître a-t-il cessé de vivre, ces domestiques, ces hommes d'armes qu'il traînait après lui, incapables de travail, inhabiles à gagner leur vie, forcés au crime par la faim, deviennent le fléau du pays. La présence des gens de guerre qui vivent des sueurs d'autrui dans une improductive oisiveté, rend la misère encore plus générale et la sécurité plus rare. La société est desséchée, épuisée par ces plantes parasites qui consument tout ce qu'elle a de sève. Ainsi le premier grief de Thomas Morus contre la société de son siècle, c'est qu'elle se divise en deux classes, dont l'une jouit sans travailler, et montre une avidité infinie de jouissances, l'autre travaille sans jouir et succombe sous le faix, car le travail d'une seule classe d'hommes n'est pas assez productif. Une moitié des forces de la société est employée a paralyser l'autre.

Second grief qui n'est guère que le développement du premier. Quelle peut être l'utilité de tous les hommes d'armes et gens d'église dont l'Angleterre est couverte?

Les grands États se ruinent à entretenir, comme la France, en temps de paix de nombreuses armées, ou, comme l'Angleterre, des gens prêts à être levés au premier appel, ce qui revient au même. Ce sont autant d'éléments de ruine; les armées trop nombreuses sentent leur force, et veulent dominer. Carthage, la Syrie, l'empire romain en sont des exemples. On objecte la guerre, on la dit un mal inévitable. Mais la guerre est absurde, contraire à toute société bien organisée, et d'ailleurs : « Vous n'avez la guerre que parce qu'il vous plaît de l'avoir. »

Le nombre trop multiplié des gens d'Église est une autre plaie sociale. Les monastères sont autant d'asiles ouverts à la paresse, les moines les plus grands de tous les vagabonds. Du reste, on sent ici dans Morus un des précurseurs de Luther (1); il y a une intention satirique dans cette querelle où le bouffon excite le rire aux dépens du capucin.

Troisième grief. L'Angleterre se dépeuple par la conversion des champs en pâturages. Comme les laines rapportent, tout propriétaire abandonne le labour, démolit les édifices, change ses terres en prairies, vastes solitudes d'où les habitants sont forcés de fuir. Des familles entières qui vivaient des travaux agricoles, privées de ce qui faisait leur soutien, sont réduites à la mendicité, puis au vol. Depuis que le pâturage envahit tout, la nourriture est plus chère, les céréales manquent (2). Ce que l'Angleterre perd d'un côté, elle ne le retrouve pas de l'autre, car en faisant des laines la principale source des richesses du pays, elle s'expose à perdre une année de revenu par chaque épidémie, et les propriétaires de manufactures qui vendent la laine au même prix, gardant le monopole, ou, si l'on aime mieux, l'oligopole de cette branche de commerce, sont en réalité les seuls qui y gagnent. Le peuple paie aussi cher ces produits, quelque multipliés qu'ils soient, et le

(1) L'Utopie est de 1516. C'est en 1517 que les différends de Luther et du pape ont commencé.

(2) *Annona fit carior.* Un historien a dit que, sous le règne de Henri VIII, les moutons ont mangé les hommes. C'est une chose curieuse que de voir la question des céréales ayant alors pour l'Angleterre la même importance qu'aujourd'hui.

ouvriers des manufactures travaillent pour un mince salaire qui ne saurait leur suffire. Ainsi l'industrie naissante s'annonce comme funeste au pays : les maux de l'ancienne féodalité guerrière semblent renaître avec une féodalité industrielle, où le riche pèse sur le pauvre, comme le noble pesait sur le serf.

Le déplorable état du royaume est dans le résultat de différentes causes intimement attachées à l'ordre social.

Et cette société se maintient, mais d'une manière digne d'elle. Elle a pour clef de voûte la peine de mort. Telle est la seule sanction de la loi, et, comme on croit cette sanction nécessaire, on la croit aussi légitime. Toute pitié, dit-on, pour les coupables, serait cruelle. Cependant Dieu a dit : Tu ne tueras point. Depuis quand les hommes peuvent-ils interpréter à leur gré les ordres de Dieu? Faudrait-il en conclure que la société où nous vivons n'est pas conforme au plan de son auteur? La peine de mort, appliquée tous les jours à des délits avec lesquels elle n'est pas en rapport, ne peut même pas étayer cette société vermoulue. Elle accorde seulement une prime aux criminels, car tout voleur est intéressé à devenir assassin, l'assassinat augmentant pour lui les chances d'impunité, sans l'exposer à une pénalité plus forte.

Thomas Morus indique quelques essais de réforme partielle, de politique relative. Ne pourrait-on restreindre le nombre des soldats et des moines, le privilége des asiles, et surtout détruire ce sanglant abus de la peine de mort, cette usurpation de l'homme sur les droits de Dieu ; usurpation impuissante, assassinat légal? Ne pourrait-on imiter les Romains qui condamnaient les criminels aux travaux des mines ; qu'ils soient esclaves publics et traités en esclaves ; que l'espoir d'un affranchissement possible après l'expiation accomplie réponde de leur repentir et de leur conversion. Nous pourrions dire à notre tour que le mal atténué peut-être ne serait pas guéri. Si ces galériens, ces esclaves commettaient de nouveaux crimes, quel autre châtiment pourraient-ils subir que la mort? Mais ce qui arrête Thomas Morus, c'est qu'il voit les hommes qui gouvernent hésiter à prendre ces plans sous leur patronage, et la résistance s'élever de toute part.

Vouloir réformer l'ordre social, en le prenant tel qu'il est, en acceptant les principes sur lesquels il s'appuie, c'est donc tourner dans un cercle vicieux. Morus détourne les yeux de ce monde mal fait, pour contempler son île imaginaire.

Le principe qui doit dominer dans l'Utopie est l'absence des maux de notre société actuelle. Le plus grand de tous ces maux, nous l'avons vu, c'est que les uns jouissent sans travail, les autres travaillent sans jouir. D'où vient cette inégalité qui existe entre les hommes? De l'inégalité des biens qui entraine comme conséquence inévitable la misère des uns et les iniquités des autres. Faut-il donc fixer à la propriété un maximum au moyen d'une loi agraire? Mais les lois agraires n'ont jamais réussi. L'Utopie a pour but de démontrer que la propriété n'est pas un élément constitutif et nécessaire de la société. Cette proposition n'est pas nouvelle. Platon et Lycurgue l'ont soutenue. Remarquons en passant que Thomas Morus s'annonce comme un novateur hardi, et cite ses autorités; il veut rompre avec le passé, et il invoque les oracles de la sagesse antique. C'est que le problème qu'il voulait résoudre avait été posé depuis longtemps; il renouait les traditions des réformes du moyen-âge à celles de l'antiquité, et l'antiquité, elle aussi, avait eu ses utopies. Souvent, dans ses rêveries philosophiques, elle avait songé à créer un monde meilleur sur les ruines de notre monde; et elle avait porté ses premiers coups sur la propriété individuelle qui lui sert de pierre angulaire.

Viennent sur-le-champ les objections qui ont toujours été et qui seront toujours faites. Si vous ôtez l'amour du gain, vous rendez la paresse générale; si vous généralisez la paresse, vous généralisez la misère. Voilà l'égalité que vous établissez entre les hommes. C'est par la propriété, par le travail que la société s'est maintenue jusqu'ici. Comment les remplacerez-vous, car encore faut-il que la société se maintienne? Ces objections seraient graves, s'il y avait quelque chose d'impossible dans une république imaginaire. Thomas Morus y répond par le tableau de l'Utopie. Malheureusement l'Utopie n'est pas une réponse; elle suppose ce qui est en question, c'est-à-dire que tous les hommes seront actifs et laborieux, et que la société se maintiendra d'elle-même.

L'île d'Utopie est admirablement située pour le commerce et la défense. La capitale est au milieu de l'île sur un golfe qu'elle domine tout entier, et par lequel le reflux de la mer amène les vaisseaux jusque dans le fleuve. Tout cela rappelle Londres, et nous reporte vers l'Angleterre. Le personnage d'Utope, auteur de son gouvernement et de ses lois, est une réminiscence de l'antiquité où chaque ville prenait le nom de son législateur. Ainsi nous pouvons dès le début distinguer les deux sources auxquelles a puisé Thomas Morus. Elles se sont réunies, mais sans se confondre, comme on reconnaît encore à la couleur les eaux de rivières différentes, longtemps après leur jonction.

Les Utopiens forment tous une grande famille. Chez eux le droit de propriété individuelle est inconnu ; la famille seule, c'est-à-dire l'État, est propriétaire. On s'étonnera peut-être que Thomas Morus, supprimant la propriété pour les individus, ne la supprime pas pour l'État. Si elle est si coupable qu'il faille la déraciner à tout prix, pourquoi la laisser subsister dans certaines limites? Les maux qu'elle amène dans les relations individuelles, ne les amènera-t-elle pas dans les relations internationales? Ce ne sera donc pas le meilleur des mondes possibles. Dira-t-on qu'elle est illégitime d'un côté, légitime de l'autre? Nous attribuerions volontiers cette contradiction apparente au préjugé national. Thomas Morus a toujours l'Angleterre en vue, l'Angleterre seule. Sa politique est une politique intéressée; l'organisation qu'il donne aux Utopiens est profondément égoïste, c'est-à-dire qu'elle ne peut exister qu'au milieu de peuples en proie à tous les maux de notre civilisation et de notre monde. L'État est propriétaire; il fait le commerce avec l'étranger, tandis qu'il proscrit à l'intérieur toute propriété et tout échange ; il fait des conquêtes pour s'enrichir et fonde des colonies; dans les guerres qu'il entreprend à son profit, il prodigue son or et jamais ses hommes; il réduit en esclavage les captifs, et les convertit en instruments de travail pour son propre usage. En un mot il semble vouloir exploiter le monde.

L'absence de la propriété individuelle a pour conséquence une égalité parfaite entre tous les citoyens, et non seulement entre les citoyens, mais entre les agrégations de citoyens. Cinquante-quatre villes, toutes égales, ayant chacune un égal territoire, entourent la capitale Amaurote. Les familles mêmes doivent comprendre un nombre déterminé d'individus : c'est aux magistrats à faire qu'elles ne demeurent point au-delà ou en-deçà de ce nombre; le trop plein des unes sert à compléter les autres. Ainsi la répartition s'opère par têtes. Grâce à elle, l'égalité n'est jamais rompue, mais c'est la payer un peu cher que l'acheter par une violence faite à la nature, et c'est un singulier moyen de relever l'espèce humaine que de la transformer en un bétail inintelligent que l'on compte par têtes et que l'on fait mouvoir à son gré.

Le gouvernement est celui d'un Etat libre. Trente familles se réunissent pour nommer annuellement un phylarque, dix phylarques pour nommer un protophylarque : enfin les protophylarques se choisissent un président, magistrat élu à vie, mais non inamovible. La souveraineté est déléguée à une assemblée générale annuelle à laquelle chaque ville envoie trois députés. C'est donc le peuple qui confirme par son choix libre et spontané tous les pouvoirs. Le principe d'une représentation nationale exerçant la puissance législative, comme en Angleterre avant les Tudors, est reconnu.

Trois mots résument le programme politique de ce nouveau gouvernement : absence de la propriété individuelle, égalité, liberté. Voyez les conséquences : le vol est impossible ; il faut avouer qu'on a employé pour le prévenir un moyen héroïque. Tout ce qui peut contribuer à maintenir l'ordre de choses établi est soigneusement recherché. Les Utopiens s'habituent à regarder leurs demeures comme des hôtelleries ; tous les dix ans, ils tirent les maisons au sort et font un déménagement général dont le but est d'empêcher la prescription. Cependant ni cette liberté ni cette égalité ne sont absolues ; il faut en Utopie comme ailleurs que les hommes sacrifient une partie de leur indépendance à l'Etat, et achètent ainsi la protection qu'ils en reçoivent.

Suit la question de l'organisation du travail. La première règle, c'est qu'il soit obligatoire pour tous. Afin que les bras ne manquent pas à l'agriculture, le service agricole d'Utopie est à peu près organisé comme chez nous le service militaire : les jeunes gens de chaque ville sont répartis dans la campagne quarante par quarante. Vingt d'entre eux font leur apprentissage ; les vingt autres leur servent d'instructeurs. Ceux qui ont achevé leur temps peuvent à leur choix retourner à la ville ou rester dans la campagne. Dans les villes, chacun exerce le métier qu'il préfère, sauf l'autorisation des magistrats qui doivent veiller à leur répartition. Thomas Morus émet le vœu que le perfectionnement des méthodes agricoles vienne augmenter la richesse générale et restreindre le paupérisme.

Six heures de travail par jour suffisent à la production, et rendent la vie de l'artisan moins monotone. La réduction des heures de travail est compensée par la réduction du nombre des travailleurs : en effet, les femmes sont comptées dans ce nombre comme les hommes, ce qui n'existe, ni partout, ni toujours ; il n'y a ni clergé, ni moines ; ni propriétaires oisifs, nobles ou seigneurs ; ni valets ou soldats, ni mendiants ou truands. Enfin Thomas Morus croit devoir proscrire le luxe et rappeler les lois somptuaires en bornant la production aux objets d'une utilité reconnue.

Il admet cependant, et nous devons lui en savoir gré, un autre tra-
'ail que celui des mains : le travail de l'intelligence. Les lettrés for-
nent une classe distincte, exempte de la pratique des métiers. Des
ours publics sont destinés à l'enseignement des diverses branches de
onnaissances. Les magistrats font entrer dans la classe des lettrés ceux
les auditeurs chez lesquels ils remarquent plus d'aptitude, et si ceux-
i ne répondent pas à leur attente, ils les renvoient à leur premier
ravail, pour élever à leur place les ouvriers qui font des progrès dans
es belles-lettres. C'est parmi les lettrés que l'on choisit les prêtres, les
hylarques et le président.

Les six heures de travail sont si loin d'être insuffisantes que souvent
e gouvernement les abrège. Alors les Utopiens ont plus de temps à
onsacrer au plaisir et à leur développement intellectuel. Le travail
nême, ainsi organisé, est si attrayant que beaucoup lui consacrent les
eures de récréation. On pourrait croire que les Utopiens n'ont aucun
ntérêt à relever leurs maisons ruinées, puisqu'elles ne leur appartien-
ent pas. Point du tout : ils vont eux-mêmes au-devant des réparations
faire. Tel est leur bon esprit, que « faute d'occupations plus pres-
antes, on voit souvent les bourgeois sortir par bandes de la ville, et
ourir de gaieté de cœur raccommoder un chemin, réparer une
haussée, renforcer une digue, ou employer leur temps à plusieurs au-
res travaux publics de ce genre. » Après cela, quelle objection faire?

Les familles demeurent telles que les magistrats les ont formées. Les
epas, communs à trente familles et présidés par leur phylarque, rap-
ellent les syssities de Lacédémone. Les fonctions domestiques sont
emplies par les enfants et les esclaves. Le but d'un pareil usage est
videmment le maintien de l'égalité, mais sa conséquence est une
tteinte portée à la liberté de chacun, et, comme la liberté réclame
ussi ses droits, Thomas Morus est forcé de convenir que ces repas
ommuns ne seront pas obligatoires. Qu'est-ce, au reste, qu'une liberté
oumise au bon plaisir du magistrat, avec laquelle on ne peut ni régler
'emploi de son temps, ni voyager à son gré, parce que les voyages
eraient un moyen d'échapper au travail, ni choisir les personnes au
nilieu desquelles on veut vivre? C'est une liberté de prisonniers qui
euvent agir comme ils veulent dans tout ce que n'a pas prévu le rè-
lement de leur prison.

Encore si l'Utopie ressuscitait l'âge d'or. Mais on ne voit pas que
'innocence y soit parfaite et le crime impossible. En admettant que

les circonstances extérieures sous l'influence desquelles les criminels se forment y soient moins nombreuses, l'homme moral y reste le même; l'air de réforme qu'on y respire ne saurait entièrement étouffer en lui ni les mauvais instincts ni les mauvaises passions. Il faut donc qu'il existe une justice humaine, que les lois aient pour sanction une forte pénalité. Nous arriverons à l'esclavage, qui remplacera la peine de mort. Nous ne déciderons pas si la réminiscence est heureuse, mais l'existence de l'esclavage dans le meilleur des mondes possibles nous semble une anomalie. Dès que Thomas Morus nous montrait dans chaque citoyen de sa république un modèle de sagesse et de travail, ne pouvait-il en faire encore un modèle de vertu?

Il est vrai qu'il se présente en Utopie plus de bonnes actions à récompenser que de crimes à punir. Les magistrats, qui exercent une autorité toute paternelle, décernent des prix de vertu, et font élever des statues à ceux qui ont bien mérité de la patrie. Cependant ils doivent punir au besoin. L'esclavage est le châtiment ordinaire. Il est plus utile que la peine de mort, parce qu'il donne à l'Etat des bras que celui-ci peut employer. Les esclaves sont traités durement, tués sans pitié à la moindre mutinerie, mais l'espoir de la liberté ne leur est jamais interdit; ils peuvent un jour voir alléger ou briser leurs fers.

Tels sont les éléments constitutifs de la société utopienne; parlons maintenant de son état moral, des ses croyances philosophiques et religieuses.

Les Utopiens ont tous l'esprit cultivé; l'étude des belles-lettres leur est familière. Hormis la dialectique et la sophistique, ils connaissent toutes les sciences des Européens. Thomas Morus admire peu les subtilités de l'école; les Utopiens n'ont jamais pu comprendre les discussions sur les idées secondes ou les universaux. Mais l'abus de la dialectique n'ôte à la philosophie ni son importance ni sa grandeur. Or, la philosophie peut se diviser en métaphysique et morale. La métaphysique renferme nombre de questions fort controversées en Utopie, comme celles de l'origine du monde, du mouvement des corps, etc.; on conçoit, en effet, que des questions semblables soient très-diversement résolues. Les Utopiens croient à tous les dogmes philosophiques de la religion chrétienne; c'est-à-dire à l'immortalité de l'âme, à la sanction d'une autre vie où justice sera faite à chacun suivant ses œuvres. La raison seule indique que le contraire serait absurde, et que sans ces croyances nulle société ne pourrait se maintenir. Pour la philosophie morale, les deux principales questions qu'elle soulève ont celle du bien et celle du bonheur. Thomas Morus reproduit ici e système d'Epicure : il identifie le bien avec le bonheur, et, par conéquent, la vertu avec la volupté, si l'on entend par volupté non un grossier plaisir, mais l'observation de la loi naturelle. Ainsi sa morale est un épicuréisme chrétien. On s'étonnera moins de cette alliance de deux doctrines qui semblent hétérogènes, si l'on songe que le système d'Epicure et de Lucrèce fut remis un peu plus tard en honneur, précisément par un prêtre catholique. Thomas Morus annonçait Gassendi. Nous sortons ici de ce lointain fantastique où nous étions jetés tout-à-l'heure, pour nous retrouver au milieu du seizième siècle, pour assister au débat des doctrines philosophiques et religieuses, ainsi qu'aux tentatives de conciliation. La dernière partie de l'Utopie semble une allégorie continuelle, dans laquelle le chancelier de Henri VIII revêt d'une forme d'emprunt des idées dont l'application est immédiate, mais sur lesquelles la prudence le force de jeter un voile. Telles sont ses idées en matière religieuse. Nous remarquerons aussi une singularité qui dut souvent se reproduire dans les esprits du temps : l'abandon de l'autorité en ce qui touche la religion, fruit des préoccupations de l'avenir, et la confiance sans bornes accordée à cette même autorité en matière philosophique, fruit des préoccupations du passé.

Tous les faiseurs d'utopie ont cherché dans la philosophie une base pour leurs systèmes. Le problème qu'ils ont essayé de résoudre était un problème philosophique. « Etant donné l'homme tel qu'il est, déterminer la forme de société qui lui convient le mieux. » Il fallait donc prendre pour point de départ l'étude de l'homme, de sa nature et de ses tendances Qu'est-ce en effet que la politique? Une partie de la morale, et la morale dont le but est de diriger dans la pratique les facultés humaines, repose nécessairement sur la connaissance de ces facultés. Thomas Morus, homme politique avant tout, a commencé par voir des abus à réformer, et, pour les faire disparaître, il a pris précisément leur contrepied. De là le manque de rigueur philosophique, l'absence d'unité que présente son système. Cependant, si la psychologie, invoquée trop tard, ne lui sert point de base, elle ne peut être évitée : nombre de questions qui lui appartiennent se rencontrent dans le développement du système. Comme nous le remarquions tout-à-l'heure, ici Thomas Morus s'abandonne à l'autorité : sa théorie est tout entière refaite de l'antique.

L'homme doit vivre conformément à sa nature. En suivant ce principe, il fera bien et il sera heureux. La vertu et le bonheur sont donc identiques. Cela peut n'être pas rigoureusement vrai, puisque la vertu a une existence absolue et le bonheur une existence relative; mais il suffit qu'en fait on puisse les confondre. Que doit faire l'homme pour vivre conformément à sa nature? 1° Révérer Dieu; 2° travailler au bien-être des autres; 3° travailler à son propre bien-être. Vivre pour Dieu, pour la société, pour lui-même, telle doit être sa triple règle. Le culte n'est autre chose que la manifestation de la reconnaissance qui est due à Dieu. L'homme doit ensuite respecter le bien des autres et le placer avant le sien propre : voilà pourquoi les lois sont obligatoires; la vie future est la sanction de ce sacrifice, si toutefois c'est un sacrifice, puisque l'obligation est réciproque et que chacun travaille au bonheur d'autrui à charge de revanche. Quant à notre bien-être particulier, nous devons le faire passer après celui des autres ; mais la recherche en est très légitime, car il y a contradiction entre faire le bien d'autrui et se nuire à soi-même. Le but commun de ces règles est d'embellir la vie.

Sauf les différences partielles et la manière dont elle est présentée, cette morale est celle d'Epicure. Elle ne confond pas la volupté avec la vertu, mais la vertu avec la volupté. La volupté est dans le calme parfait de l'âme. Elle est définie par les Utopiens, « cet état de l'âme et du corps que l'instinct naturel nous fait préférer à tout autre, parce qu'il nous affecte d'une manière plus douce et plus agréable. Remarquez, je vous prie, ces mots: l'instinct naturel (1). » Ce sont de faux plaisirs ceux qui troublent le repos de l'âme et altèrent sa sérénité.

Arrêtons-nous un instant sur ces trois classes de devoirs, devoirs envers Dieu, envers les autres, envers soi-même. Comment la plus parfaite des sociétés facilite-t-elle leur accomplissement?

Thomas Morus est loin d'avoir donné un système complet de religion, et résolu toutes les questions que soulève le culte extérieur. Voici seulement quelques uns des principes reconnus par lui, et qu'on peut facilement apercevoir à travers les préoccupations du réformateur et les souvenirs de l'érudit.

Selon lui, toutes les religions reposent au fond sur une même croyance; la croyance à une seule divinité, « éternelle, immense, in-« compréhensible, dont les attributs ne sont pas moins infinis que la

(1) Εὐπάθεια, εὐεξία

puissance et la gloire. Sa nature n'a aucun rapport avec tout ce qui tombe sous nos sens; elle est répandue dans tout l'Univers par sa vertu plutôt que par son essence. Quelle que soit l'idée que l'on s'en forme, toujours est-il certain que, chez tous les peuples et dans tous les siècles, on a reconnu l'existence de ce Dieu qui n'a point d'égal en puissance et en perfection. Au reste, cette diversité de systèmes religieux et ce nombre de sectes diminuent de jour en jour, et chacun, profitant des études qu'il fait, parvient, à la lueur du flambeau de la vérité, à connaître la religion la plus raisonnable, et l'embrasse dès qu'il est persuadé qu'il l'a trouvée. »

En Utopie, tolérance complète. Utope lui-même fit un édit pour que outes les religions fussent librement professées. On y punit le fanasme, et jusqu'au zèle indiscret, source d'innombrables malheurs pulics ou privés. Ce n'est ni par la violence et la pointe de l'épée, ni ar les accusations d'impiété et les anathèmes que les croyances se ropagent. Il n'appartient pas non plus à l'homme de se faire l'exécuur des vengeances du ciel. Le matérialisme et l'athéisme seuls sont roscrits, à cause de leurs conséquences morales. On n'exerce aucune olence sur ceux qui ne croient pas à l'immortalité de l'âme, mais l'acs de tout emploi public leur est interdit.

Le culte est de deux sortes : il comprend l'adoration et les œuvres. 'adoration a lieu dans les temples où l'on récite en chœur une solenelle prière. « Le rituel des cérémonies publiques est si sagement oronné qu'il s'accorde de tous points avec les cérémonies propres à aque culte. » « Les prières publiques sont dressées de manière que s différents sectaires peuvent les réciter sans contredire aucun arcle de la profession de foi qui leur est particulière. » Ce moyen fut ouvent employé depuis pour concilier les diverses communions relieuses au temps de la Réforme. Quant aux œuvres pieuses et mériires, comme les soins des malades ou les travaux des villes, ceux qui y consacrent sont ou des célibataires qui font des vœux, ou des ommes mariés. « Les Utopiens pensent que cette seconde secte est lus compatible avec la faiblesse de notre nature, mais que la première des principes bien plus purs et plus élevés. »

Le culte a pour organe un clergé. Les prêtres sont peu nombreux. s jouissent de grands priviléges et de la vénération générale. Les ertus éminentes qu'on exige pour entrer dans leur ordre rendent les spirants fort rares. Juges de tout ce qui concerne la religion, censeurs des mœurs publiques et particulières, les prêtres ont un tribunal spirituel auquel nul n'est cité sans devenir infâme. Cependant le pouvoir clérical et le pouvoir laïque sont entièrement distincts. C'est en Utopie une question controversée que celle de savoir si un citoyen élevé à la prêtrise aurait le caractère sacerdotal, quoique le pape ne l'eût pas approuvé. La plupart sont pour l'affirmative ; n'est-ce pas ici le réformateur qui parle, mais le réformateur catholique et prudent? N'avons-nous pas quitté les nuages de l'Utopie pour redescendre sur la terre, et ces conseils ne sont-ils pas ceux que donnait Thomas Morus à son pays? Entre ces opinions et la cause qu'il défendit en mourant, il n'y a point de contradiction; s'il mourut ennemi de la Réforme, c'est que la Réforme s'annonçait comme sapant les bases du catholicisme, et qu'il ne voulut pas voir Henri VIII renier l'autorité du pape pour s'en affubler lui-même.

Le second devoir est de se consacrer au bien des autres. De là dérive la nécessité du travail et de l'obéissance aux lois. Morus donne peu de développement à ce sujet. Il paraît seulement avoir toujours en vue cet axiome favori des anciens, que la vertu suprême consiste à faire le bien de sa patrie.

Le troisième devoir consiste à rechercher son bien-être, c'est-à-dire les plaisirs des sens et les jouissances de l'âme... Parmi les plaisirs des sens, ceux de la vue, de l'ouïe ou de l'odorat sont regardés comme les plus nobles. Le jeûne, l'abstinence, toute pratique qui détruit la santé, n'a d'excuse qu'autant qu'il en peut résulter un bien réel pour le prochain ou la patrie. Il est inutile de dire que les plaisirs de l'âme sont d'un ordre plus élevé encore.

Nous avons indiqué les bases sur lesquelles cette société repose, et la marche qu'elle doit suivre pour atteindre le but que la nature a marqué à l'homme. Comme le récit des mœurs et des coutumes souvent bizarres que l'auteur attribue à ses insulaires échappe à l'analyse, nous laisserons de côté le roman.

Cette première partie de notre tâche serait donc achevée, si l'Utopie n'était placée au milieu d'états semblables à nos états d'Europe, et avec lesquels elle doit avoir d'inévitables rapports. Les Utopiens ne comprennent pas la nécessité des traités. « Pourquoi deux peuples voisins s'observent-ils d'un œil inquiet? Ne sont-ils pas faits pour l'union? D'où vient leur mutuelle jalousie? » « Il serait beaucoup plus raisonnable que les honnêtes gens de toutes les nations connues ne formassent qu'un seul peuple de frères. » Les traités ne sont pas seulement contraires au bon sens ; ils sont inutiles, puisque les passions s'en font un jeu. Il y a quelque ironie dans l'éloge que fait Thomas Morus de la bonne foi des princes européens, et du soin que met le pape à faire, de la part de Dieu, un devoir à tous les rois de remplir scrupuleusement leur parole.

Les Utopiens doivent détester la guerre qui est contraire à la raison, et à laquelle le préjugé a faussement attaché la gloire. Cependant ils peuvent avoir à venger des torts pour lesquels on ne leur aura pas accordé satisfaction. Nous n'essayerons pas d'exposer ici leur singulier droit des gens, ni de concilier les contradictions qu'il renferme. Fidèles au point d'honneur chevaleresque, ils n'attaquent jamais d'hommes désarmés, mais ils soudoient des traîtres et mettent à prix la tête des généraux ennemis. Bien que la tendance de Thomas Morus soit de soumettre la guerre à quelques principes d'humanité, il se préoccupe trop d'assurer la supériorité de l'Utopie, c'est-à-dire de l'Angleterre, et d'ailleurs nous sommes en droit de lui demander si la guerre, comme la servitude, doit exister dans le meilleur des mondes.

Telles sont, ramenées à quelques points fort simples, les principales idées qui dominent dans l'Utopie. En les exposant dans l'ordre qui nous a paru le plus logique, nous les avons déja réfutées indirectement. Nous nous contentons d'ajouter ici quelques remarques.

En premier lieu, la théorie de Thomas Morus, si le mot de théorie est ici à sa place, manque d'unité. Chaque page y porte la trace d'influences diverses ; tantôt c'est l'homme politique qui parle, tantôt l'érudit. Elle manque également de méthode, et la rigueur des principes philosophiques sur lesquels elle s'appuie n'est qu'apparente. Enfin Thomas Morus avance, sans les prouver, les propositions fondamentales, et, pour ne pas répondre aux objections, il les élude ; il laisse souvent indécises les plus importantes questions. Comme essai de réforme sociale, l'Utopie a un mérite plutôt relatif qu'absolu. Elle a ouvert toute une série d'œuvres nouvelles auxquelles elle a généralement donné son nom, et c'est le charme de la nouveauté joint à celui du style et à une ardente sympathie pour tout ce qui touche l'homme, qui l'a surtout rendue célèbre.

Voilà pour la critique d'ensemble. Quant à celle des détails, il suffirait, pour détruire l'Utopie, de renverser sa base, de prouver que sans la propriété individuelle, il n'y a pas de société possible. Thomas Morus bannit la propriété de son île, afin que les citoyens, n'ayant pas à pourvoir à leur bien particulier, s'occupent seulement du bien public. Selon lui, dans nos sociétés d'Europe, chacun doit se préoccuper du présent, songer au lendemain; la vie est un tissu de misères, et nul ne peut jouir qu'en arrachant à un autre sa part de jouissance.

Tous les abus sont-ils la conséquence du droit de propriété, tel qu'il est constitué dans notre monde, et n'ont-ils point d'autre cause? Si nous énumérions les abus qu'entraînerait son absence, le chapitre des récriminations ne serait-il pas facile à faire? Nous ne venons pas établir ici, les preuves en main, que la propriété individuelle a toujours été et sera toujours très légitime. D'ailleurs les démonstrations de ce genre que l'on oppose aux démonstrations contraires ne servent à rien, et le bon sens populaire a fait éternellement justice des théories utopistes. Mais nous devons signaler une contradiction formelle entre les principes mêmes proclamés par Thomas Morus. L'homme acquiert par son travail des droits imprescriptibles sur ce qu'il produit, et l'amour de la propriété est tellement dans la nature que si l'on faisait un partage égal des biens comme dans l'Utopie, cette égalité n'existerait pas le lendemain. Si donc nulle société ne peut exister qu'autant qu'elle est en rapport avec la nature de l'homme, la meilleure ne serait pas celle où tous mettraient leur travail en commun pour vivre de même, mais celle où chacun participerait aux jouissances de la vie suivant son travail ou son talent. Au fond, toute l'erreur des Utopistes est là : ils veulent satisfaire les tendances instinctives, et ils méconnaissent la première de toutes; ils veulent, par la forme de société qu'ils proposent, se rapprocher de la nature, et ils s'en éloignent de plus en plus.

Passons aux deux autres principes. L'égalité peut-elle exister d'une manière absolue? Il faudrait pour cela que la nature n'eût pas mis elle-même de différences entre les hommes; ce que Thomas Morus n'a pu oublier complètement. Dans son Utopie, l'esclave est au-dessous du citoyen travailleur, le citoyen travailleur au-dessous du lettré et du magistrat. L'Utopie n'offrirait donc qu'un obstacle de plus aux intelligences d'élite pour s'élever; elle nivellerait tous les talents comme elle aurait nivelé toutes les fortunes. Ce serait même un mauvais service à rendre aux sociétés : les sociétés qui ne marchent qu'à la suite d'intelligences supérieures, n'ayant plus de flambeau pour les guider, resteraient stationnaires.

La liberté est aussi un beau principe, mais il est très douteux que le système de l'Utopie lui soit favorable. Qui ne préférerait la vie, telle que notre société nous l'a faite, avec ses chances de bien et de mal, et les entraves qu'elle nous impose, à une vie fixée d'avance et soumise à des règles toujours les mêmes ? Qu'il y ait dans les sociétés actuelles beaucoup d'hommes esclaves du travail, esclaves des besoins physiques et dont la liberté paraisse illusoire, d'accord ; mais dans le nouveau système, il n'y aurait guère qu'une différence de plus, c'est que l'esclavage pèserait également sur tous. Ce serait là l'égalité de l'Utopie, égalité dans la pauvreté, dans l'ignorance et dans l'esclavage.

Ainsi les trois premières questions que nous avons posées au début ont été résolues comme pour les hérésiarques précédents : l'erreur de Thomas Morus a été la même : la solution qu'il a donnée est à la fois incomplète et impossible. Les maux qu'amènerait le nouvel état de choses seraient mille fois pires que ceux qu'il ferait disparaître. Mais le grand mérite de l'Utopie est d'avoir posé la quatrième question, celle de l'organisation du travail, la plus grave et la plus difficile, à laquelle les sectaires du moyen-âge n'avaient échappé que par les vœux de pauvreté et d'abstinence. On comprit, au seizième siècle, que les vœux de pauvreté étaient moins un remède qu'un nouveau mal ; qu'ils ajoutaient aux charges déjà trop nombreuses de la société, en augmentant gratuitement le nombre de ses membres improductifs. C'était aller directement contre le but proposé. Par une réaction naturelle, Thomas Morus soumit tous les citoyens de son île à la loi du travail, et quelle que soit la bizarrerie des moyens qu'il emploie ou des résultats auxquels il arrive, il mit du moins le doigt sur la plaie ; il indiqua où il fallait chercher le vrai remède, dans l'étude des faits économiques : lui-même il reconnut la distinction fondamentale du travail matériel et du travail intellectuel.

Si nous le suivions dans l'exposé de sa philosophie ou des principes philosophiques dont il fait usage, les objections ne manqueraient pas. Comme sa philosophie est celle d'Epicure, tous les arguments dont on s'est servi contre Epicure viendraient ici trouver leur place. Il serait facile de prouver que cette philosophie, vraie à certains égards, est cependant fausse dans son ensemble, parce qu'elle est incomplète. Elle n'accorde pas au bien une existence indépendante, elle oublie que le bien existe par lui-même, et que la volupté est seulement un des modes sous lesquels il nous affecte. Elle mutile ainsi l'esprit humain, en plaçant tous nos motifs d'agir dans la sensibilité qui a la volupté pour but, au détri ment de la raison qui aspire vers le bien. C'est donc moins une morale d'hommes libres, qu'une morale de prisonniers ou d'esclaves. Elle semble, du reste, assez appropriée à l'Utopie dans laquelle les hommes n'ont guère à faire usage de leur volonté libre, et vivent soumis au plus rigoureux despotisme, celui qui pénètre dans la vie intérieure, et règle d'avance les moindres actes de chacun.

Nous pouvons nous borner à ces critiques. Des observations de détail plus multipliées n'offriraient pas d'intérêt, et d'ailleurs, en combattant des idées dont Thomas Morus aurait fait peut-être bon marché lui-même, nous risquerions de nous escrimer contre des fantômes, au lieu que ces principes généraux sont évidemment ceux dans lesquels il avait foi, dont l'absence rendait toute société vicieuse à ses yeux.

La critique n'a donc qu'à toucher ce brillant édifice d'idées si artistement réunies, et d'un souffle elle le fait évanouir. Le bon sens, qui n'est lui-même que la critique réduite à son expression la plus simple et la plus spontanée, en avait fait justice avant elle. Est-ce à dire cependant que l'Utopie de Thomas Morus n'ait aucune valeur réelle? Nous ne le croyons pas : l'idée fondamentale que la science et le talent doivent gouverner le monde, idée soutenue peut-être pour la première fois sous cette forme, suffirait pour l'absoudre tout entière, si la partie négative n'offrait une étude curieuse, si l'importance des questions économiques n'était pressentie, enfin si le développement de la morale d'Épicure ne renfermait de beaux passages, et plus d'une ingénieuse idée. C'est surtout dans le but d'une application plus ou moins prochaine qu'il importe d'étudier la pensée du chancelier de Henri VIII. Il ne cherche pas, comme la plupart des utopistes, à atteindre un monde purement imaginaire ; en passant par son île imaginaire, il a constamment l'œil fixé sur notre monde vers lequel il veut redescendre un jour.

CHAPITRE III.

Successeurs de Thomas Morus. — Réfutations au XVIe siècle.

Lorsque Thomas Morus faisait un long commentaire du vieux cri de ralliement des Lollards auxquels il ne songeait pas, il était loin de prévoir que Luther allait arborer le drapeau du protestantisme ; qu'après lui la révolte des paysans de Souabe éclaterait ; qu'en Suisse Manz et Grebel, les Anabaptistes de Munster, en Allemagne, voudraient détruire violemment la propriété individuelle, et ramener de fait l'égalité parmi les hommes. Tous ces sectaires cherchèrent par inspiration le royaume de Jésus-Christ, et crurent l'avoir découvert (1). Bien qu'il n'y eût pas la moindre alliance entre les utopistes en pratique et les utopistes en théorie, au fond ils obéissaient tous à une seule et même impulsion. C'était toujours un principe exagéré de réaction qui servait de base à leurs tentatives les plus diverses. Les théories qui trouvaient la richesse mal distribuée, et cherchaient la loi d'une répartition meilleure, étaient avidement recueillies, puis mises en pratique par des fanatiques obscurs ; ces excès, qui faillirent perdre le protestantisme naissant, éveillèrent l'attention générale et signalèrent le danger de l'Utopie. Jusqu'alors les éloges des érudits et des libres penseurs comme Erasme avaient été à peu près sa seule fortune. Lorsque l'expérience eut ouvert les yeux, et que la réforme religieuse fut accomplie, on

---

(1) Ces hérésies peuvent être rapprochées de celles des Fratricelles et des Hussites. On lit dans le manifeste en quatorze articles des Anabaptistes de Zurich : — Les magistrats sont inutiles dans la société de véritables fideles mus par l'esprit. — Les régénérés sont dans un état où ils ne commettent plus le moindre péché, et l'église qu'ils composent est aussi innocente que celle des bienheureux dans le séjour de la gloire.

sentit le besoin de prévenir une secousse nouvelle; les réfutations commencèrent.

Nous croyons qu'il serait inutile de chercher dans le seizième siècle un écho des doctrines de Thomas Morus, si ce n'est dans les proclamations de quelques fougueux sectaires. On ne voit pas qu'elles aient exercé une influence quelconque sur la philosophie : l'humeur indépendante de Montaigne dans ses *Essais*, la hardiesse toute nouvelle de Vanini ou de Telesio, n'ont rien de commun avec le rêve socialiste. Une seule des questions posées par les utopistes, celle de la liberté, fut traitée avec une énergie peu commune par Etienne de la Boëtie dans son *Traité de la servitude volontaire*. Encore est-ce plus spécialement la liberté politique que réclame la Boëtie, et n'avons-nous à signaler ici que la violence tout à fait nouvelle du langage.

Nous n'examinerons donc que les réfutations. Les deux principales sont celles de Bodin et du chancelier Bacon, toutes deux assez postérieures (1).

Bodin est un érudit, un légiste, de l'école des Dumoulin et des Cujas. Ces géants de l'érudition ressuscitaient l'antiquité, mais ce qu'il y avait en elle, si l'on peut s'exprimer ainsi, de moins antique, car le droit romain n'était pas alors une lettre morte. Leur érudition n'était pas étrangère au monde : elle ne se contentait pas de mettre au jour ces prodigieux recueils où la science des lois va puiser encore, elle retentissait aussi hors de l'étroite enceinte des amphithéâtres de droit. Bodin fut même plus qu'un légiste ; commissaire de Charles IX et de Henri III, il remplit plusieurs hauts emplois dans l'administration royale et vécut à la cour autant qu'au barreau. Il essaya de faire plus que n'avaient fait Dumoulin ni Cujas. Il avait appris la politique des anciens dans leurs livres, celle des modernes dans un voyage à Venise où il avait été chargé de négociations importantes : il résolut de faire de la politique une science précise, d'en donner une rigoureuse théorie, d'en être le législateur.

Nous voilà bien loin de Thomas Morus ; la République de Bodin n'est pas une utopie ; elle ne veut pas changer le monde pour le refaire ; elle l'accepte tel qu'il est, et ne songe qu'à tracer des règles pour ceux qui le dirigent (2). Peut-être cependant y aurait-il entre ces deux livres

---

(1) La République de Bodin est de 1576 : l'Atlantide de Bacon est postérieure.

(2) Nec tamen rempublicam idearum solâ notione terminare decrevimus, qualem Plato,

plus d'un rapport. Si la forme de celui-ci est différente, n'y trouve-t-on pas pour la société le même espoir d'un progrès à venir? Ces pages froidement savantes, sur lesquelles l'érudition qu'une langue morte rend plus pénible encore semble peser de tout son poids, ces pages ne sont bien souvent qu'un plaidoyer en faveur de ces idées qu'un siècle s'approprie, et dont tous ses écrivains gardent l'empreinte.

Il serait peut-être difficile d'analyser la République de Bodin, malgré la tradition qui veut qu'elle ait servi de texte aux leçons des professeurs de Cambridge, et qui accorde à son auteur une renommée européenne dès son vivant. Mais notre but n'est pas d'y chercher autre chose qu'une réfutation de l'Utopie.

Suivant Bodin, nulle république ne peut exister, si elle ne repose sur un double principe, celui de la famille et celui de la souveraineté. Or, on ne peut reconnaître le principe de la souveraineté, ni celui de la famille, sans être en contradiction perpétuelle avec Thomas Morus.

La famille est nécessaire au point de vue religieux comme au point de vue politique : on ne pourrait d'ailleurs la détruire sans violenter la nature. Mais le droit de propriété, qui a lui-même une origine naturelle, est une des conditions de son existence. Thomas Morus l'a reconnu, puisqu'en abolissant la propriété individuelle il a conservé celle de l'Etat. Il a fait de l'État une grande famille, et pour cela il lui a laissé des biens propres ; mais il n'a pas voulu admettre que cette grande famille se fractionnât, se subdivisât en petites sociétés particulières ; il a toujours eu présente à l'esprit l'image des républiques anciennes où la patrie absorbait la famille, et là est sa grande erreur. C'est ainsi qu'il a établi entre les membres de l'Etat la communauté des biens, bonne peut-être pour les membres d'une famille isolée, mauvaise dès que le principe reçoit une application trop générale. L'expérience a prouvé que le système de la communauté des biens, pris d'une manière absolue, était vain et chimérique (1) : voyez les Anabaptistes de Munster. Ailleurs Bodin cite l'exemple de Sparte à ceux qui voudraient qu'un

---

qualem etiam Thomas Morus inani opinione sibi finxerunt, sed optimas quæque civitatum florentissimarum leges, quantùm quidem fieri poterit, proximè consequemur. (*De Rep.*, lib. I, cap. 1, p. 5; édition de Francfort, 1622.)

(1) Communitas verò per se ipsa dissidiorium ac discordiarum parens ab jurisconsultis meritò appellatur. Nec minus fallunt, qui putant rerum communium majorem quàm privatarum curam fore : cum publica videamus ab omnibus æque deseri, nisi et publico rapiant quod in privatam utilitatem convertatur. (*De Rep.*, lib. 1, p. 9.)

Etat n'eût point de finances. Les maux que la propriété individuelle entraîne sont donc moindres que ceux qu'entraînerait son absence. Premier argument contre l'Utopie.

Dans l'Etat ou dans la famille, il faut un chef qui dirige. La hiérarchie et la souveraineté qu'elle implique sont donc nécessaires et de droit naturel : sans elles il n'y a ni famille ni Etat possible. Si l'on supprime ici le droit de commander, là le devoir d'obéir, la liberté naturelle ne pourra s'exercer, parce que l'ordre sera banni du monde. Selon Bodin, le pouvoir dans la famille (or le pouvoir dans l'Etat n'est qu'une extension de celui qui est reconnu dans la famille) est de quatre sortes : il faut distinguer celui du mari sur la femme, celui du père sur ses enfants, celui du maître sur le domestique, celui du seigneur sur le serf. Les deux premières sortes de pouvoir sont admises par toutes les législations. La troisième n'est pas contraire à la nature, puisque la servitude domestique repose sur un contrat mutuel et sur un libre choix. La quatrième seule ne saurait être entièrement admise, car l'esclavage, malgré les subtilités des jurisconsultes qui ont cru démontrer sa légitimité, est contraire à la nature. Bodin veut que les esclaves des colonies américaines soient affranchis tôt ou tard, quels que soient les ménagements qu'exige une semblable mesure. Mais le servage ne lui paraît pas offrir les mêmes caractères d'injustice et de cruauté.

Le serf en Europe n'est pas plus malheureux que l'homme libre. Transférez l'autorité du seigneur à l'Etat ; le servage perdra ce qu'il peut avoir d'odieux. D'ailleurs il ne faut pas s'abuser sur les mots : le soldat n'est-il pas le serf de l'Etat ? Ainsi, ôtez le préjugé ; ni la servitude domestique, ni la servitude de la glèbe ne sont une violation de la loi naturelle et un obstacle au bonheur : elles assurent de plus l'obéissance hiérarchique, c'est-à-dire le repos des Etats (1).

Mais la hiérarchie détruit l'égalité qui est un des principes des Utopistes. Bodin réfute donc formellement Thomas Morus. Il prouve que la propriété est la base nécessaire de l'édifice social, que la hiérarchie et par conséquent l'inégalité des conditions sont légitimes. Ainsi plus de communauté des biens, plus d'égalité. Faut-il ajouter aussi : Plus de liberté ? La plus grande partie du livre de Bodin est consacrée à prou-

(1) Bodin veut cependant que l'on établisse des écoles industrielles pour les enfants du peuple, afin qu'ils jouissent de plus de liberté. « Si collegia publica puerorum instituantur, ubi artes et opificia condiscant ut quidem Lutetiæ ac Venetiis fieri videmus, ubi opificum seminaria maximo reipublicæ commodo propagantur. » (*De Rep.*, lib. 1, p. 70.)

er que le pouvoir souverain doit agir dans le rayon le plus étendu. C'est donc une réhabilitation perpétuelle de notre société et de ses rincipes. Bodin n'est même pas exempt de toute exagération dans sa anière. Il défend jusqu'au régime féodal et à la royauté absolue par ù il peut les défendre ; il se tait sur leurs abus. Nous voyons dans cette éfutation progressive une des preuves de l'influence de Thomas Morus. Comme nous le disions plus haut, cette influence se rattachait aux grands ouvements du siècle ; Thomas Morus était l'organe involontaire des réormes les plus radicales, les plus hardies. Bodin le réfute victorieusement, arce qu'il tient compte de l'histoire. Il veut améliorer sans doute, mais n prenant le présent pour point de départ, et en ayant l'œil sur le assé. De là sa supériorité. Les réformes qu'il propose sortent de notre adre : ce n'est plus d'Utopie qu'il s'agit. Son livre est un code politique, récédé par un essai de droit naturel. On a souvent comparé la Républiue à l'*Esprit des lois*, et quoique Montesquieu ait laissé bien loin son odèle, il y a quelque justesse dans la comparaison. Bodin traite la queson du gouvernement, et cherche si les trois formes qu'Aristote a egardées comme les seules, la monarchie, l'aristocratie et la démocrae, ne pourraient se combiner ensemble. Il traite la question de l'utité des fortifications, celle des monnaies. Il accuse la confiscation 'être une peine injuste et inutile, et veut qu'elle n'ait lieu ni au rofit de l'Église ni au profit de l'État. Telles sont quelques-unes des rincipales idées qui se font jour à travers une érudition pénible, liée aux rêveries si communes alors de l'astrologie judiciaire. Il comrend l'importance de la question économique, méconnue par les aniens ; il voit que toutes les questions politiques doivent recevoir leur olution de l'économie (1). Il signale d'abord à cet égard quelques conradictions de l'Utopie : ainsi il prouve que l'égalité de biens limiterait a production, en arrêterait l'essor, que la somme du travail organisé omme le voudrait Thomas Morus serait moindre et tout à fait insufsante. Il accepte le principe des associations, mais dans certaines mites, et il le trouve réalisé par les communautés religieuses ; il n'est as favorable aux associations d'ouvriers qui lui paraissent plus dan-

(1) Et quidem nullà probabili ratione mihi videtur Aristoteles, Xenophontem secutus, Politicis œconomica et civitatem à famil a detraxisse ; quod aliter fieri non potest, quam membra singula ab ipsius corporis universi compage divellamus : quod quid aliud est uàm sine ullis ædificiis urbes extruere velle ? (*De Rep.*, lib. 1.)

gereuses qu'utiles. Augmenter le bien-être du peuple, prévenir la misère et les troubles inévitables qu'elle entraîne, tel doit être, selon Bodin, le but constant du législateur. Mais la difficulté est de savoir par quelle route on atteindra ce but. On ne peut songer à détruire le principe de la propriété, et Bodin avoue franchement son impuissance ; il propose cependant, sans se dissimuler les inconvénients d'un pareil système, de recourir à un terme moyen, de restreindre le droit de succession à la ligne directe. Les successions collatérales seraient recueillies par l'Etat qui les emploierait à former un capital pour les citoyens pauvres (1).

Enfin, Bodin s'étonne que la guerre existe encore dans le meilleur des mondes, il cherche quel serait le moyen de la faire disparaître, et il est forcé d'avouer que les guerres d'intérêts nationaux seront toujours inévitables. Il ne désespère pas cependant de les rendre plus rares ; il suffit pour cela que les intérêts des divers états se confondent et se croisent de plus en plus, que la moindre question devienne une question européenne. En élargissant le cercle de la politique générale, les médiations deviendront nécessaires, et la paix se maintiendra d'elle-même par le seul équilibre.

Bodin semble donc prendre à tâche de faire rentrer l'Utopie dans le domaine du réel ; aucune illusion ne peut le séduire. La poésie est sévèrement bannie de son livre. Il échappe par là aux chimères qu'a rêvées Thomas Morus, mais il n'a ni sa chaleur ni son éclat : chez lui la froide logique du bon sens a étouffé la vie.

Comme réformateur progressif, ennemi de tout changement radical, nous citerons encore le chancelier Bacon. L'Atlantide est une réfutation de l'Utopie. Peut-être l'importance de cet ouvrage ne serait-elle pas grande, si le nom de l'auteur n'était une preuve de plus, en faveur de l'influence et de la popularité de Thomas Morus. On serait tenté de croire que les attaques dirigées alors contre la propriété et l'ordre social paraissaient plus sérieuses qu'elles n'ont paru depuis, car elles eurent l'honneur d'être réfutées par un légiste célèbre et par un grand philosophe. Lorsque la réforme religieuse venait d'ébranler jusque dans ses fondements ce vaste édifice de l'Église que quinze siècles n'avaient pu rendre inébranlable, n'avait-on pas lieu de crain-

---

(1) Le chap. III du livre V est intitulé : Præstatne propinquorum bona propinquisne an Reipublicæ adjudicari ?

dre que la société ne fût elle-même bouleversée de fond en comble, et qu'une main indiscrète ne touchât à la propriété, son arche sainte?

Il semble que Bacon, voulant innover, mais innover dans le domaine de l'abstraction et de la science, et d'après des règles invariables et prudentes, ait protesté d'abord contre ces innovations hardies, téméraires, dont il voyait l'exemple. Peut-être aussi, à cette époque de doute et d'incertitude politique où l'orage de la révolution anglaise se préparait à l'horizon, où quelques signes précurseurs venaient de loin effrayer les esprits même les plus imprévoyants, le genre de l'Utopie pastorale, de l'églogue innocente et vertueuse prit-il faveur, comme en France avant 1789. Telle est du moins la nouvelle Atlantide. La vie patriarcale jointe à la civilisation la plus raffinée, le vice ignoré, la vertu cultivée par tous, les vieillards pleins de sagesse et d'expérience gouvernant cet heureux monde, voila la république ou plutôt l'idylle du chancelier Bacon. Le lien de fraternité qui dans l'Atlantide unit tous les hommes y fait régner un bonheur éternel; les progrès inévitables des sciences facilitent les découvertes nouvelles, amènent la connaissance d'arts inconnus; enfin, le christianisme y subit une transformation révélée par l'astrologie. Tantôt Bacon emprunte quelques idées à Thomas Morus, tantôt il le réfute. Mais, emprunt ou réfutation, l'Atlantide n'offre rien de bien sérieux. Elle n'a pas de principes arrêtés, elle ne repose sur aucune donnée importante, c'est un de ces rêves aux formes vagues, aux contours indécis, que l'esprit ne saurait fixer, et qu'il ne retrouve plus au réveil.

On ne pouvait craindre sérieusement que l'Utopie fût jamais réalisée. Mais ni les arguments de Bodin, ni l'idylle de Bacon ne firent oublier les attaques dirigées contre la société actuelle, et la conception d'un meilleur avenir. Même avant Bacon, tandis que Campanella, prisonnier du pape et du roi d'Espagne, méditait la Cité du Soleil, Hall écrivait en Angleterre ses voyages philosophiques, copie pâle et défigurée de l'Utopie. Promenant ses lecteurs dans un archipel d'îles et de terres nouvelles, il fait poser devant eux tour à tour les plus diverses figures, ici les vices, là les vertus, représentés sous les traits de personnages imaginaires. La question de réforme sociale trouve-t-elle sa place au milieu de cet étrange panorama? On ne sait, mais elle est au moins étouffée sous l'allégorie; ce qui domine, c'est l'*humour*, c'est ce tour fantasque du génie anglais, que l'on retrouve dans quelques parties du Spectateur, plus semblable qu'on ne pense au *Mundus alter et idem.*

C'est de la satire et du roman. Mais nous ne parlons de Hall que pour mention. De plan fortement conçu, de système coordonné dans toutes ses parties, de véritable théorie d'une réforme sociale, nous ne trouvons pas d'exemple avant Campanella, et ici nous entrons dans un ordre d'idées tout différent. C'est un nouveau mouvement qui commence.

CHAPITRE IV.

Analyse de la Cité du Soleil de Campanella.

La tentative de Campanella a cela de particulier qu'elle eut lieu dans un esprit tout à fait opposé à celui des autres réformateurs. C'était, nous l'avons vu, du sein d'un parti extrême que s'élevait habituellement le cri de guerre contre la société. Thomas Morus lui-même, qu'il le sût ou non, avait suivi cette bannière, entraîné par le mouvement général. Or, ce parti extrême, ennemi du pape et de tout ce qui tenait à la papauté, relevait directement du protestantisme dont il formait l'arrière-garde. Ennemi déclaré du protestantisme, Campanella, au contraire, le traite de révolte et d'impiété. Appeler Campanella catholique serait trop dire; il sent de bien loin l'hérésie, mais il est ultramontain, il veut la domination même temporelle de l'Église, le règne illimité du pape en matière religieuse, et la suzeraineté du saint siége sur toutes les couronnes. S'il demande la réforme, il demande aussi qu'elle s'opère au sein de l'Église et par l'Église même; il repousse obstinément toute tentative hostile à cette grande puissance dont la mission lui semble divine, et hors de laquelle il ne voit point de progrès.

Une réforme complète, à la fois religieuse et sociale, est depuis longtemps réclamée; elle n'est pas accomplie. Les protestants qui se sont séparés de la cour de Rome à la voix de Luther et de Calvin ont marché en sens contraire du but qu'ils se proposaient; ils ont reculé au lieu d'avancer; car le progrès n'est possible que si la domination universelle de l'Église est d'abord solidement établie, et ils ont inutilement augmenté le nombre des rebelles. Les catholiques, de leur côté, ont manqué d'énergie contre le protestantisme, et, se contentant de reconnaître qu'il y avait beaucoup à changer dans le gouvernement de l'Église, ils ont repoussé toute innovation.

Tel est le point de départ de cette école dont Campanella est le chef sans contredit : cependant il ne parla pas le premier en faveur de la théocratie. Guillaume Postel, l'un des hommes les plus savants de son siècle, professeur de mathématiques et de langues orientales au collége de France dès sa fondation, lui servit de précurseur. Comme lui, il rêva l'unité du monde dans le christianisme, et prit les idées religieuses pour fondement et point de départ de tout un nouveau système. Comme lui encore, il crut à la vertu occulte des nombres, à l'astrologie judiciaire, la folie des grands esprits du siècle, à laquelle nul n'échappa, depuis Mélanchthon jusqu'à Bodin, jusqu'au chancelier Bacon lui-même. Le livre de Postel, *De Orbis concordiâ*, ne fut pas une utopie, mais prépara celle de Campanella (1). C'est sous ce rapport qu'il peut être utile de le mentionner ici, quelque étranger qu'il soit d'ailleurs à notre but principal.

La pensée de Guillaume Postel est celle d'un apostolat universel, à la fois philosophique et religieux : il veut convertir le monde entier à la religion par des arguments philosophiques, s'adresser à la raison de tous les peuples pour leur faire admettre le christianisme (2). La vérité chrétienne a trois ennemis à combattre : les juifs, les mahométans, les idolâtres. Il lui faut un triple triomphe pour devenir cosmopolite.

Selon lui, l'unité de religion doit faire du genre humain un seul peuple, et les conséquences d'un tel changement seront incalculables. Lorsque toutes les croyances seront ramenées à une seule (3), toutes les institutions confondues ; lorsque le droit divin et le droit humain seront partout les mêmes, on pourra considérer comme atteint le but de l'histoire qui

---

(1) Le livre de Postel est divisé en quatre parties. Dans la première il démontre philosophiquement la vérité des dogmes chrétiens : dans la deuxième il explique la vie de Mahomet et l'établissement de l'islamisme ; il réfute le Koran. Dans la troisième il examine : *Quid commune totus orbis tam jure humano quàm divino habeat.* Dans la quatrième : *Qua arte sine seditione falsæ de Deo dissve persuasiones ad veram pertrahi possint.*

(2) Ratione cum illis agendum censeo (Indis, Mohammedicis ; *Orb. conc.*, præfatio.)

(3) Voir la table des préceptes communs à toutes les religions. (*Orb. conc.*, lib. III. Persuasionum omnium communium canones).

présente à l'observateur une série de faits progressifs. Le christianisme, s'il ne trouvait même d'autre preuve devant la raison, serait encore la religion la plus propre au maintien de cette unité ; car la loi du Christ est une loi d'amour ; celles des autres peuples, des Juifs, par exemple, sont des lois de haine qui prèchent la guerre et sèment la division.

L'histoire, envisagée d'en haut, offre une suite de faits coordonnés dans un même système et préparant l'unité future. L'Ancien Testament a servi d'introduction au Nouveau : Moïse a frayé la voie au Christ. Dieu a conduit la jeunesse du monde à la connaissance de la vérité par une gradation continue ; la vérité présentée d'abord dans tout son jour l'aurait éblouie, et elle ne l'aurait pas comprise. L'autorité devait parler dans le principe et poser les dogmes : la raison devait venir la dernière et dans l'âge mûr, pour les démontrer et les confirmer (1).

Les grandes révolutions survenues dans le monde ne sont pas des bouleversements inutiles, dénués de sens et dus à un hasard aveugle. Elles ont leur côté moral et providentiel. Les conquêtes sont des faits nécessaires ; les victoires propagent la civilisation (2). Un seul fait, aux yeux de Postel, ne rentre pas dans ce cadre et combat la tendance générale, loin de s'unir à elle : c'est la propagation du Koran. Cette fois, par une exception inexplicable, le monde, au lieu d'avancer, a reculé (3). Il faut donc que le Koran disparaisse ; que la propagande chrétienne, armée d'une logique infaillible, vienne jeter au vent ses feuillets, effacer jusqu'à la trace du mensonge, et rétablir ainsi l'ordre et la vérité.

Cette propagande doit être l'œuvre du seizième siècle. Voilà pourquoi lui, Guillaume Postel, a entrepris de traduire les livres saints en arabe et de battre en brèche les bases de l'islamisme. A ce travail il a voué sa vie (4). Au reste, il ne s'explique pas sur l'unité future ; il ne dit pas si

---

(1) Deus fecit cum Israële quod optimus preceptor cum adolescente admodùm discipulo, cui cum radicibus disciplinæ ob ætatis teneritudinem et ignorantiam etiam ludos solitos permittit.— In tradendis disciplinis autoritas est ratione prior.— Debebat itaque præcedere religio, sequi ratio. —(*Orb. conc.*, lib. I.)

(2) Sic factum est ut quamvis Romani et Græci, quorum latissimè secundùm populos Orientis patuère clarumque imperia, toto ex orbe nobis olim cognito reportârint victorias, prædas egerint, non raró crudelissimè victoriâ usi sint : tamen linguum et morum naturæ magis affinium ubivis seminaria et usum in detrimenti accepti compensationem reliquerunt. (*Orb. conc.*, lib. II.)

(3) ò Mohammedici, quos magis amo, quia eratis pars nostri, quæ periit (Lib. I.)

(4) Totus orbis est in majoribus tenebris quàm quùm venit Christus in vineam operarios

cette unité exclusivement religieuse sera maintenue par un pouvoir religieux ; il reste muet sur l'extension nécessaire de la puissance pontificale, sur la constitution de l'Eglise. Son livre est le rêve d'un érudit cherchant à s'expliquer le rôle historique du catholicisme. Bientôt Campanella, élevé à la même école, avec moins de science et plus de génie, va dépasser le but et faire de ce rêve une utopie.

Dans le traité de la monarchie espagnole, Campanella essaya de hâter le jour où le grand travail de la Réforme aurait lieu. « Ce jour, disait-il, n'est pas loin : il est annoncé et prédit à chaque page de l'histoire du seizième siècle. L'immense accroissement de la puissance espagnole est l'œuvre de Dieu : il a choisi et marqué d'un sceau divin le plus religieux des peuples d'Europe pour le faire servir à ses vues providentielles ; il lui a donné les clefs du Nouveau-Monde, afin que, partout où luit le soleil, la religion chrétienne ait ses solennités et ses sacrifices. Le roi catholique doit réunir l'univers entier sous sa loi ; son titre n'est plus un vain mot : le Christ d'une main, l'épée de l'autre, il faut qu'il combatte le protestantisme et l'islamisme jusqu'à les faire disparaître de la face de la terre ; car sa mission est d'assurer le triomphe de l'Eglise en écrasant ses ennemis et en posant le pied sur leur tête : nouveau Cyrus, il doit mettre fin à cette nouvelle captivité de Babylone. »

Voilà ce qui a été révélé à Campanella ; mais ce sont là seulement les préparatifs immédiats, les préliminaires de la réforme annoncée. Lorsque l'unité sera établie dans le monde et la victoire de l'Eglise assurée, alors il faudra rebâtir le temple et purifier le sanctuaire ; il faudra que le christianisme soit transfiguré ; que la société subisse une complète métamorphose et entre dans une série de phases nouvelles.

Le roi d'Espagne et le pape, auxquels Campanella racontait ses visions et adressait ses conseils, l'accusèrent l'un de trop de liberté, l'autre d'hérésie. Jaloux de mettre à exécution ses rêves qu'il voyait dédaignés, il changea de langage ; il annonça que la monarchie espagnole était réprouvée ; il se proclama lui-même envoyé de Dieu pour combattre l'Espagne et l'hérésie et présider à la transformation du

missurus...... ..Jusserat Clementina de magistris primarias academias illius (linguæ arabicæ) debere habere doctores binos, ut singula secula haberent homines ad eam persuasionem ex hominum mentibus convellendam idoneos. Non est adhuc factum. Jeci nunc vobis, ut per meam tenuitatem licuit, fundamenta ejus eruditionis excusâ grammaticâ. (Lib. II.)

monde. Une révolte à main armée, suscitée dans quelques couvents de la Calabre, eut pour résultat l'emprisonnement de son auteur. Il fut jeté dans un cachot pour vingt-sept ans.

Ce revers ne l'abattit point. Ne pouvant être le soldat de sa réforme imaginaire, il s'en fit le prophète. Il se réfugia tout entier dans la spéculation. Il entreprit de poser les bases de cette société nouvelle où la transfiguration du christianisme devait conduire. La Cité du Soleil est le complément du traité de la monarchie espagnole; c'est une aperception, une divination de l'état futur de l'humanité.

Campanella avait une activité d'esprit prodigieuse, une imagination forte et hardie, rebelle à toutes les règles et qui embrassait le monde. Théologie, philosophie, histoire, politique, sciences naturelles, poésie même, rien ne lui était étranger, et ses nombreux ouvrages, quel que soit leur genre, dissertations métaphysiques ou rimes italiennes, portent la même empreinte de témérité et de grandeur. Le malheur, les dédains dont il fut victime; vingt-sept années de souffrances morales et de tortures corporelles dans les prisons de la Calabre achevèrent d'assombrir et d'égarer son puissant génie. Souvent le rêve du délire ou la folie de l'illuminisme se trahissent dans ses pensées étranges, mais nullement incohérentes. Elles appartiennent à un système bien lié dans toutes ses parties, et ce n'est pas le côté le moins original des œuvres de Campanella, que cette puissance, cette rigueur philosophique au service d'une imagination déréglée.

Vivant loin d'un monde qu'il ne pouvait connaître, il entreprit, sans s'effrayer de ce qu'une pareille entreprise avait de gigantesque, de refaire toutes les sciences physiques ou morales, en leur donnant pour base sa philosophie ou, si l'on aime mieux, sa religion. En cela il était conséquent avec lui-même. Il n'y avait point de science, à ses yeux, hors de la religion et de la philosophie. Or, s'il fallait s'attendre à une transfiguration prochaine du christianisme, toutes les branches de connaissances, toutes les institutions devaient subir un changement semblable, l'esprit humain se développer dans un nouveau système, la civilisation dans un autre cadre.

Campanella distingue la philosophie rationnelle et la philosophie réelle. La politique est une branche de la seconde. La Cité du Soleil contient l'exposé de sa politique.

Pour plus de rigueur, nous nous placerons au point de vue de Campanella, et abandonnant l'ordre que nous avons suivi dans l'analyse de

'Utopie, nous examinerons ici les questions diverses suivant leur enchainement et leur importance. Nous commencerons donc par la question philosophique et religieuse. Pour ne pas entrer dans une digression qui nous entraînerait loin de notre sujet, nous ne donnerons ici que les indications nécessaires; nous nous bornerons aux faits sur lesquels Campanella appuie ses réformes sociales.

Quel était ce nouveau christianisme qu'il voulait révéler au monde? C'est ce que lui-même n'a expliqué nulle part. Comme tous les mystiques de son siècle, Campanella aspirait vaguement vers l'infini, et s'absorbait dans la contemplation d'un avenir qu'il se persuadait comprendre. Toute sa vie il promit de coordonner les écrits tour à tour échappés de sa plume, de resserrer les liens qui les attachaient l'un à l'autre, de donner le dernier mot de son système et de ses croyances; mais la vivacité naturelle de son imagination ne lui permettait pas d'analyser ses idées et de s'en rendre un compte exact.

Etait-il orthodoxe, en sa qualité de partisan de la théocratie et de moine dominicain? Si l'organisation de la société, telle qu'il la conçoit, ne comprenait déjà de nombreuses hérésies, son orthodoxie en matière religieuse serait encore difficile à soutenir. Sa grande autorité est celle des protestants et des juifs, la Bible. Toutes les propositions qu'il y trouve, il les interprète dans leur sens littéral; il prend pour la réalité le mysticisme et l'allégorie : la Bible en main, il prouve la fausseté du système de Copernic. Faut-il ajouter que dans la Cité du Soleil on ne sait quel culte philosophique des héros et des vertus vient se mêler aux cérémonies et aux solennités du culte chrétien? Cette religion de la nature commune aux peuples enfants qui adoraient Dieu dans ses plus beaux ouvrages y trouve également sa place. Le soleil et les astres reçoivent une adoration particulière, comme exerçant une influence sur les choses terrestres. « Les astres, dit Campanella, sont les messagers de Dieu : la fin du monde s'annoncera par des signes dans le soleil, la lune et les étoiles. Malheur à ceux qu'elle viendra surprendre comme un voleur de nuit : le monde n'est pas éternel; il a commencé, et il doit finir. »

En revanche sa philosophie est plus claire, et, si elle n'est pas plus rigoureuse, elle présente une conception plus large dans son ensemble.

Campanella, élève d'Aristote, et libre penseur comme Télésio, place l'origine de toute connaissance dans la faculté de sentir. Son axiome favori est celui-ci : *Omnia sensu percipiuntur.* Mais nous ne pouvons pas percevoir de la même manière tous les objets qui sont dans la nature. Si les sens nous font connaître les choses corporelles, nous ne connaissons les choses incorporelles que par un sens interne, par une faculté spéciale qui nous révèle l'absolu. Suivant Campanella tous les objets qui sont dans la nature sont doués de la première sorte de sensibilité ; l'homme seul a le privilége de la seconde.

Or, cette faculté par laquelle l'homme pénètre dans le monde incorporel, c'est l'imagination instinctive et spontanée. Campanella passe à l'ontologie sans transition. Après avoir débuté par un emprunt fait au péripatétisme, il revient à l'inspiration, au mysticisme, seule méthode encore reconnue.

En ontologie, Campanella distingue deux principes : l'être et le néant, ou la négation de l'être. Ajoutez un rapport qui seul peut donner naissance à des êtres physiques ; car l'être et le néant existant de toute éternité ne peuvent pas naître à une époque donnée, d'où il suit que les êtres physiques qui naissent à une époque donnée ne sont ni le néant ni l'être. Tout ce qui naît existe donc en vertu d'un rapport qui s'établit entre l'être et le néant. Toutes les créatures finies participent à la fois de ces deux natures. Elles participent de l'être, en ce qu'elles aspirent à la perfection, en ce qu'elles ont les mêmes attributs que l'Etre suprême ; savoir : la puissance, la sagesse et l'amour ; elles participent du néant parce qu'elles sont imparfaites et que leurs attributs divins tendent à se changer en leurs contraires, l'impuissance, l'ignorance et la haine. Cette trinité d'attributs de l'être en soi, qui renferme peut-être une explication symbolique du christianisme, servira d'archétype à la république solarienne qui sera faite à son image.

Le dieu de Campanella a marqué à l'homme une fin ; il distribuera au dernier jour, suivant les mérites de chacun, les peines et les récompenses : les âmes sont son ouvrage ; il les a faites immortelles. Croire en effet que les âmes ne sont pas immortelles, qu'il n'y a rien au-delà de notre monde, c'est croire que le néant règne seul ; c'est prononcer une impiété et un blasphème. Mais comment expliquer la présence du néant, c'est-à-dire du mal ? Ne semble-t-il pas, d'après ce qui précède que l'être et le néant ont une égale puissance et que le monde sert de théâtre à leur rivalité ? Faut-il subordonner le néant à l'être ? « Dieu qui est naturellement bon, n'a pu, dit Campanella, permettre à une divinité inférieure de mêler partout le mal au bien. » Forcé d'assigner une cause à l'origine du mal, il la trouve dans le péché originel. Si les générations nouvelles souffrent, c'est pour expier le péché des générations anciennes. Ainsi il abandonne la philosophie, et il échappe à la difficulté par un appel à la religion. Il semble cependant préférer au péché originel l'influence maligne des astres. Explication qu'il serait difficile d'admettre, même en se plaçant à son point de vue ; car si les astres exerçaient une influence, il faudrait que Dieu l'eût permis, et alors autant vaudrait croire qu'il a laissé dans de certaines limites la liberté d'agir à une divinité malfaisante.

La Cité du Soleil est l'application de cette doctrine. C'est la mise en scène de toute cette métaphysique abstraite, la forme concrète sous laquelle elle doit passer dans le monde. La société solarienne participe de l'être autant qu'il est possible : elle est une affirmation presque absolue : les causes qui agissent en elle sont les causes effectives, c'est-à-dire les causes qui viennent de Dieu. Elle diffère en cela de notre société terrestre qui est une négation, qui participe presque uniquement du néant, où le mal règne sans partage, où tout est erreur et mensonge. Les rois, les sages, les hommes forts, les saints de notre monde, ne sont pas tels en réalité ; ils ne font que le paraître, car ils relèvent du néant (1). Conformément à ces principes, Campanella arrive à cette conclusion que le siècle où il vit est sous l'influence de constellations malignes. Il y a eu de grands mouvements dans le ciel, et ainsi sont nés les maux de la terre. Le monde semble gouverné par le hasard ; et le plus grand mal peut-être, c'est que peu d'hommes s'aperçoivent qu'ils sont esclaves du néant. Comme ils ne connaissent pas le règne de l'Etre, et qu'ils ignorent ce qu'est le bonheur, ils confondent le mal et le bien dans leur aveuglement.

Ce déplorable état de la société n'est pourtant pas sans remède. Le christianisme est la consécration des lois de la nature. Il contient le germe de toutes les réformes que prêche la Cité du Soleil ; il mène directement à la connaissance de l'être, de l'affirmation. Campanella prédit sa généralisation dans l'avenir, et annonce qu'il atteindra bientôt son entier développement. Le jour viendra où la terre entière marchera dans ses voies et rejettera le mensonge pour jouir de la vérité. La vérité aura les philosophes pour témoins, pour apôtres. « Nous ne

---

(1) Annihilatio quædam est, ac ostensio essendi quod non sunt, videlicet reges, sapientes, strenui, quod in veritate non sunt.

savons ce que nous faisons, dit Campanella; nous sommes des instruments dans la main de Dieu. Dieu se sert des passions des hommes pour accomplir ses desseins éternels. »

Qui pourra percer l'horizon et dire ce qu'apportera l'avenir? Le quinzième siècle à lui seul offre plus d'événements à l'histoire que les quatre mille ans et plus écoulés depuis l'origine du monde. Ses découvertes en ont changé la face : les conséquences de l'imprimerie sont incalculables; l'art militaire a subi une révolution; les propriétés de l'aimant ont été connues. La navigation a rapproché toutes les parties du monde et préparé de loin l'unité future. Bientôt une nouvelle république s'élèvera : arts, sciences, lois, tout sera réformé; les prophètes viendront, et la réalisation de la Cité du Soleil sera proche. Il faudra renverser et arracher jusqu'à la racine, puis sur les ruines ainsi faites planter et bâtir (1).

Quelle sera cette république nouvelle, annoncée par les prophètes, et dans laquelle la pensée divine se réflétera comme dans une vivante image?

Un homme, un pontife qui représente Dieu, gouverne le monde solaire. Son nom est mystérieux, on retrouve dans l'initiale le cercle symbole de l'éternité ; pour le vulgaire, c'est le grand métaphysicien ; sa puissance n'a point de bornes ; tout relève de lui, soit au temporel, soit au spirituel. Il juge en dernier appel, il est comme le point central d'où tout émane, où tout vient aboutir. Autour de lui, la puissance, la sagesse et l'amour forment un triumvirat; ce sont ses délégués, ses grands ministres. Nous savons que, dans la doctrine philosophique de Campanella, ces trois abstractions sont considérées comme les propriétés fondamentales de l'être, ses *primalités*. La Puissance est la virtualité qui existe dans l'être et le fait agir; la Sagesse est la faculté par laquelle il aspire à connaître le vrai; l'Amour, celle par laquelle il veille à sa conservation. Si telles sont les trois primalités de l'être, et de l'homme par conséquent, ce sont aussi celles de la société, puisque la société est un être collectif qui ne peut contenir en soi aucun élément de plus ni de moins que les êtres individuels.

Le premier triumvir, Puissance, est chargé de l'administration militaire; le second, Sagesse, a dans son département les arts libéraux et mécaniques, les sciences, les écoles; le troisième, Amour, surveille tout

(1) At priùs quidem evelli et extirpari, deinde ædificari et plantari, etc.

ce qui regarde la conservation de l'espèce humaine; « il est juste, dit Campanella, que l'amélioration des races d'hommes soit l'objet d'autant de soins que celle des races d'animaux.» Chacun de ces triumvirs a sous ses ordres un certain nombre de délégués. Le grand métaphysicien leur est supérieur à tous, ils lui doivent une obéissance absolue (1).

La manière dont les magistrats sont élus, celle dont ils gouvernent la république, rappelle l'Eglise que Campanella a eue sans cesse sous les yeux. La dignité de grand métaphysicien est conférée par l'élection à celui qui connaît le mieux tout ce qui s'enseigne dans la Cité du Soleil. Elle n'est pas donnée à vie; le jour où l'on trouve un plus instruit et un plus habile, il faut que le métaphysicien en charge lui cède sa place. Comme on le voit, c'est le mode d'élection des papes que Campanella a pris pour modèle, il n'a fait qu'exagérer le principe. L'instruction, ajoute-t-il, est la meilleure garantie de capacité; et les solariens arrivent à un degré d'instruction bien supérieur à celui des Européens. Si dans notre monde il n'est pas donné à un esprit vulgaire de tout savoir, cela n'est pas impossible dans la Cité du Soleil, attendu qu'on y dédaigne l'inutile fatras de la scolastique, et que, sur les diverses enceintes de la ville, sur les murs du grand temple central, on voit en peinture comme un grand musée de toutes les connaissances humaines. Chaque acte de la vie étant chez les solariens un pas vers la science, ils apprennent en un an ce que nous n'apprendrions pas en dix. Voilà comment il n'est pas impossible que le métaphysicien possède la science universelle. Pour ses trois acolytes, on choisit les plus habiles dans les arts auxquels chacun doit présider. L'élection des magistrats inférieurs est soumise à la même règle.

Ces magistrats ont un pouvoir très-étendu. Tous les huit jours, ils tiennent conseil avec le métaphysicien et les triumvirs, pour traiter des

---

(1) Voici les noms des principaux magistrats soumis aux triumvirs.

Potentiæ subjacent Stratagemmarius, Campionista, Ferrarius, Armarius, Argentarius, Monetarius, Architectus, Magister exploratorum, Magister equitum et peditum et equorum, Gladiator, Bombardarius, Fundibularius, Justitiarius, etc.

Sapientiæ subjacent Grammaticus, Logicus, Physicus, Medicus, Politicus, Moralis, Œconomicus, Astrologus, Astronomus, Geometra, Cosmographus, Musicus, Prospectivus, Arithmeticus, Poeta, Rhetor, Pictor, Sculptor.

Amori subjacent Genitorius, Educator, Medicus, Vestiarius, Agricola, Pastor, Armentarius, Magnus Coquinarius, Farctor, etc.

intérêts de la cité. Ils sont juges de tous les délits commis dans l'exercice des fonctions qu'ils dirigent; ils peuvent, sauf le recours au métaphysicien, prononcer des sentences de mort, et faire lapider les coupables par le peuple. Mais leur force principale est dans la religion. Chacun d'eux reçoit de ceux qui lui sont soumis une confession auriculaire, puis confesse ses péchés et ceux des autres aux triumvirs qui font de même par rapport au grand métaphysicien. Celui-ci, sachant de cette manière quels sont les péchés les plus communs, offre à Dieu dans le temple une confession publique, et trouve plus facilement les remèdes propres à guérir les maux de l'Etat. La religion est donc le principal moyen de gouvernement de ce grand monastère.

Mais il ne suffit pas que toutes les primalités de l'être se développent régulièrement et aspirent chacune à atteindre leur but; les maux de notre monde doivent encore disparaître. Campanella cherche à déterminer l'origine de ces maux, il la trouve dans l'égoïsme qui arrête tous les rouages de la société et l'empêche d'être fortement unie. Au lieu de concourir partiellement au bien général, chacun s'agite isolément dans sa sphère propre et met souvent obstacle au but commun de la société. L'intérêt particulier, seul mobile de nos actions, est le grand fléau de notre monde. Supprimons l'intérêt particulier, il ne restera que l'intérêt général. Ne voyez-vous pas toutes les forces de la société, naguères disséminées, incohérentes, converger dès lors vers un même but? Voici donc la propriété détruite, comme dans l'Utopie. Les maux qu'elle entraîne périront avec elle : et le bien qu'elle produit, c'est-à-dire la nécessité du travail, ne périra pas. Il proviendra seulement d'une autre cause : à l'amour de la propriété seul mobile du travail dans notre monde, Campanella substitue un esprit de corps auquel chacun se sacrifie, un dévouement absolu, le désir inné de contribuer au bien de tous. Cela, dit-il, n'est pas si impossible que l'on croit. Les Romains ne mouraient-ils pas à l'envi pour leur patrie? Quand les moines des premiers temps se dépouillaient de toute ambition, se séparaient à jamais du monde, et faisaient à leur communauté le sacrifice de leurs intérêts, de leurs affections, de leur propre vie, n'agissaient-ils pas en vertu des mêmes principes? Campanella, moine lui-même, fait de sa république un grand couvent, dont le métaphysicien est le supérieur. C'était là un de ses thèmes favoris; dans ses Conseils au roi d'Espagne, il appelle continuellement son attention sur les communautés monacales, il semble y voir l'ébauche de cette organisation que le monde doit recevoir un jour.

Tout sera donc commun; point de propriété particulière, individuelle. La communauté sera aussi absolue que possible; elle s'étendra jusqu'aux femmes. Ainsi l'égoïsme sera forcé jusque dans ses derniers retranchements; le prétexte même des attachements de famille lui sera enlevé. Il n'y aura plus d'individus, il y aura la société tout entière, unie comme un seul homme, et forte de son inébranlable unité. Plus d'autre lien entre les hommes que le lien qui unit des frères.

Grâce à la présence de ces magistratures religieuses et philosophiques, grâce à l'absence de la propriété individuelle, le crime sera généralement banni de la Cité du Soleil, les causes qui pourraient le faire naître n'agissant plus. L'homme individuel lui-même, l'homme moral marchera dans une voie de perfectionnement. Comme il n'y aura plus de délits possibles, autres que l'ingratitude, la paresse, le mauvais vouloir, c'est à prévenir les maux de ce genre que devront tendre les efforts du gouvernement, et les magistrats du pays, purs représentants d'abstractions personnifiées, portant le nom des vertus auxquelles ils sont préposés, encourageront la reconnaissance, la sobriété, la gaîté, la bienfaisance, etc.

Certes, on ne peut nier qu'il n'y ait une part d'originalité très-réelle dans la république de Campanella. Mais cette originalité en quoi consiste-t-elle? En ce que toutes les idées s'enchaînent dans un système compact et régulier : les précédentes utopies n'offrent rien de semblable; elle consiste dans ce point de vue d'après lequel Campanella ramène toute sa république à la forme précise et rigoureuse d'un grand monastère. Cet effort de déduction logique et ce préjugé favorable à la théocratie donnent à la Cité du Soleil un caractère distinct et particulier. Au fond cependant Campanella se rapproche de ses devanciers plus qu'il ne pense. Il abolit la propriété, comme Thomas Morus : comme lui il établira l'égalité, car s'il n'y a plus de propriété individuelle, les hommes ne seront plus inégaux; ces idées s'enchaînent par un inévitable lien. Or, Thomas Morus n'était pas le premier auteur de ces théories; Campanella semble reconnaître que ces idées-là sont anciennes; qu'elles ont été pressenties, acceptées par les générations les plus reculées, que le christianisme ne les a pas rejetées toutes; il invoque même à l'appui de ses réformes les plus étranges l'autorité de Socrate et de saint Clément; il montre comment l'institution des monastères aux premiers temps du christianisme a été un premier pas vers cette union future, dont la Cité du Soleil offre l'image. Son rôle à lui est de recueillir l'héritage de ces idées, d'annoncer que le jour de leur réalisation est venu, que les hommes doivent enfin renoncer à leur existence individuelle, pour doubler leur force en mettant en commun leurs richesses et leur intelligence. Il a pour mission de dégager du christianisme les principes abstraits qu'il renferme, et de prêcher sur les toits leur application dans la pratique. L'originalité est donc bien moins dans le fond des idées que dans la forme dont elles sont revêtues.

C'est ici le lieu d'examiner quelle solution Campanella a donnée aux questions agitées dans l'Utopie. Cherchons quel genre d'égalité il établit.

Après avoir supprimé la propriété, il va plus loin encore ; il efface toute distinction entre les sexes. Il établit aussi une éducation commune qu'il prend plaisir à tracer avec un soin minutieux. A un âge fixé, chacun choisit suivant son aptitude une profession mécanique ou une profession savante. La gloire consiste à connaître le plus grand nombre d'arts, à être apte au plus grand nombre de professions. Aussi les Solariens ne peuvent-ils concevoir que chez nous la partie de la population qui travaille soit peu estimée, tandis que tous les honneurs sont pour les nobles, c'est-à-dire pour les oisifs. Là nulle fonction n'est réputée vile, et, afin que toutes jouissent d'une considération égale, l'orgueil y est sévèrement puni comme un crime. Dans notre monde les pauvres et les riches ont chacun leurs défauts particuliers : dans la ville du Soleil chacun étant pauvre et riche à la fois, ces défauts se neutralisent.

Cependant Campanella ne pousse pas jusqu'à l'extrême rigueur l'inflexibilité du principe. En proclamant la supériorité de la science, en classant surtout chacun suivant son mérite, il se montre beaucoup plus libéral et plus vrai que Thomas Morus. Le spectacle de la société ecclésiastique qu'il avait sous les yeux l'a beaucoup mieux servi que celui de la société ancienne n'avait inspiré son modèle. Mais la hiérarchie du savoir est peu de chose là où n'existent ni la liberté ni la richesse : il est facile en effet de montrer qu'en sacrifiant la liberté à la théocratie, qu'en négligeant d'augmenter la production et de régler l'état matériel de la société, Campanella n'a pas fait la part de tous les intérêts. Son libéralisme est donc imparfait et quelque peu involontaire.

Il a sacrifié la liberté à la théocratie: en effet, le principe de l'association forcée, et celui d'une hiérarchie rigoureuse où le pouvoir descend du supérieur à l'inférieur au lieu de monter du peuple au souverain, sont incompatibles avec la liberté. La Cité du Soleil est même plus franche à cet égard et moins inconséquente que l'Utopie. Thomas Morus classait les habitants de son île par familles auxquelles il donnait un nombre égal de membres : autant fait Campanella. La ville du Soleil est une réunion de grands couvents placés les uns à côté des autres et dont les magistrats règlent la distribution. Les membres de la communauté se divisent en deux classes : l'une comprend les individus au-dessous de quarante ans, l'autre les individus plus âgés. Les vieillards sont servis par les jeunes gens, mais les jeunes gens se servent eux-mêmes. Un silence complet règne dans les tables communes, et la lecture est faite à haute voix, comme dans un réfectoire de moines. Grâce à un ordre régulier auquel sont soumis les moindres actes de la vie, grâce aux influences des astres que les Solariens observent sans cesse, la race humaine s'améliore de jour en jour. Campanella prend plaisir à la comparer aux autres races d'animaux ; le suprême progrès consisterait selon lui à faire de la société un grand troupeau de bétail humain. Quels qu'aient été ses efforts pour faire passer dans sa république quelque chose de la liberté qu'il trouvait dans l'Eglise, il a échoué devant les exigences de la vie commune et de la régularité forcée.

La question de l'organisation du travail n'a pas à ses yeux la même importance qu'aux yeux de Thomas Morus ; à cet égard il se rapproche plus du moyen âge. La richesse est par lui sévèrement proscrite, et le même arrêt porté contre tout ce qui peut servir à l'accroître, le commerce, par exemple, d'ailleurs trop contraire à la nature de la république qui n'en éprouve pas le besoin. Comme il n'y a pas d'oisifs dans la Cité du Soleil et que tout y est soumis à une régularité parfaite, quatre heures de travail par jour suffisent pour son entretien : Thomas Morus en demandait six : Campanella abrége les heures de travail en limitant la production. Les seules connaissances exigées de chaque Solarien sont celles de l'art militaire et de l'agriculture. Pour l'agriculture nous sommes reportés aux souvenirs de l'Utopie : chaque année, à certaines époques, les habitants sortent de la ville et vont se livrer aux travaux champêtres. Celui qui les dirige n'est pas regardé comme un maître, mais comme un père ou un frère aîné. Le travail n'a plus rien de dur ni de pénible : il devient si attrayant qu'il semble une véritable fête, et que nul ne s'y refuse. C'est avoir résolu un grand problème qu'élever l'amour du travail à la force d'une loi naturelle impérieuse, et d'un irrésistible penchant. Mais Campanella tourne dans le même cercle vicieux que son prédécesseur; il prend sans cesse pour démontrées les propositions qu'il avance.

Telle est la république Solarienne dont nous aurions terminé l'analyse, car ici encore nous pourrions à bon droit négliger les détails de roman, si Campanella, en annonçant sa théorie comme devant se réaliser dans un temps plus ou moins éloigné, n'avait professé le dogme d'une perfectibilité indéfinie dans tous les genres. Nous omettons sans doute les innovations plus ou moins bizarres qu'il assure devoir être introduites dans l'art militaire : nous ne dirons rien de la charrue à voiles, ni des navires qui marcheront sans voilure et sans rames. C'est la manie des réformateurs de descendre jusqu'aux détails les plus minutieux, de vouloir changer, améliorer, inventer sans cesse. Mais nous ne pouvons passer sous silence la longévité des Solariens. Comme leur vie sera soumise à des lois toujours régulières, elle s'étendra jusqu'à cent, quelquefois jusqu'à deux cents ans. Une connaissance parfaite de l'astrologie doit leur révéler certains remèdes secrets et merveilleux contre les maladies. Ils sauront même rajeunir au besoin (1). Cela ne leur suffira pas : ils feront des découvertes dont nous avons à peine l'idée : ils apprendront à traverser l'air en volant (2) ; ils trouveront le moyen de voir jusque dans les profondeurs des cieux les étoiles les plus cachées, d'entendre les bruits les plus lointains, et de jouir du concert harmonique des sphères célestes. Ce sera donc une entière transformation de notre monde. Dès que l'homme aura le secret de rajeunir, il pourra échapper à la mort, il deviendra semblable à Dieu ; car il se séparera de plus en plus du néant pour se rapprocher de l'Etre.

Telle est l'utopie de Campanella. Elle ressemble beaucoup à celle de Thomas Morus dont elle reproduit les principaux traits, sous une originalité apparente. Elle attribue tous les maux de notre monde à la propriété individuelle, à l'inégalité des conditions : c'est dans l'absence de ces principes qu'elle cherche les sources d'un bonheur inconnu. Sauf les différences partielles que nous avons indiquées, et qui tiennent surtout à ce que le point de vue n'est pas le même, Campanella n'a rien fait qu'exagérer les principes de Thomas Morus, et le résultat auquel il arrive est la meilleure réfutation de ces principes. Il y a en-

(1) Norunt et arcanum ad renovandam vitam quolibet post septennio, absque afflictione, et ex arte suavi et mirificâ quâdam.

(2) Eos jam invenisse artem volandi quæ una mundo deesse videbatur.

core une autre différence qui tient surtout au caractère des deux auteurs. Thomas Morus était un homme pratique qui a trouvé dans sa république un délassement d'esprit et dont on a pu soupçonner la conviction. Son île imaginaire ne s'éloigne jamais beaucoup du monde que nous habitons : elle s'y rattache toujours par quelque endroit et ne le perd pas de vue. La question de l'organisation du travail y est soulevée ; son importance comprise. Campanella est un illuminé, d'un fanatisme philosophique à toute épreuve, et qui, missionnaire d'un nouveau genre, se croit sérieusement appelé à présider aux destinées nouvelles. Sa Cité du Soleil est tout à fait étrangère à la réalité, elle ne conserve aucun souvenir de notre monde : elle est l'œuvre d'un homme qui a vécu isolé parmi les siens, qui n'a pas tenu compte des intérêts de la nature humaine, qui a ignoré les instincts et les passions de son temps. Si le système a quelque apparence de rigueur, il la doit surtout à ce qu'il s'est toujours maintenu dans la théorie pure, à ce qu'elle n'a pu le faire fléchir.

Mais cette rigueur n'est pas plus réelle que celle de l'Utopie. La religion et la philosophie de Campanella ne supportent guère l'examen. Sa religion est un néo-catholicisme très-vague, où l'astrologie joue le principal rôle. Sa philosophie est souvent ingénieuse, mais elle repose tout entière sur une erreur de méthode. Campanella ne raisonne jamais; il devine. Il ne s'élève pas par l'observation des faits et une série d'inductions des questions inférieures aux questions les plus élevées. Il s'élance d'un bond au sommet de l'ontologie, et de là au sein de l'Être éternel dont il décrit les attributs, il domine un horizon sans borne. Il fait ensuite le monde à l'image de Dieu, mais du Dieu qu'il a rêvé, en sorte qu'il façonne à son gré la nature humaine, et qu'il foule aux pieds l'expérience. Chose remarquable, il avait contribué lui-même à ressusciter la philosophie d'Aristote, à faire reconnaître les droits de l'expérience et de la sensation ; mais il était impatient d'atteindre le but de toute philosophie, et il abandonna de bonne heure la route la plus sûre, mais aussi la plus longue.

Si les principes posés par Campanella sont le résultat d'une synthèse précipitée, ils condamnent le système. Mais il est facile de retrouver dans le système lui-même, dans l'application de ces principes, dans la constitution de la société imaginée par Campanella, de flagrantes contradictions. Hormis la communauté des biens qu'il veut plus complète encore que son modèle, il ne peut établir entre les hommes ni plus d'égalité, ni plus de liberté que dans notre monde. Leur donne-t-il au moins plus de bien-être? Non, certes, il résout les questions économiques comme Thomas Morus, et conséquemment avec la même impuissance. Tout au plus a-t-il vaguement entrevu qu'on doit chercher l'augmentation de la richesse dans le perfectionnement des moyens de travail. Il n'ajoute rien aux idées de ses devanciers, à moins qu'on ne doive tenir compte de sa croyance dans l'alchimie. La pierre philosophale et le secret de faire de l'or, ces chimères du seizième siècle, auraient, par leur découverte, guéri les plaies de la société, changé la face du monde, et réalisé les utopies.

Quoiqu'il y ait assurément une plus grande puissance de conception philosophique chez Campanella, tout l'avantage a été pour son prédécesseur. La Cité du Soleil est loin d'avoir eu la même fortune que l'Utopie : on s'est d'autant moins occupé d'elle qu'elle se séparait davantage de notre société. L'une a eu tous les honneurs de la réfutation; l'autre, ensevelie dans un oubli de deux siècles, n'en est guère sortie que récemment, et grâce aux nombreuses ressemblances d'une théorie plus moderne. La teinte métaphysique, répandue sur chacune de ses pages, la rendait inaccessible à d'autres qu'aux initiés, et beaucoup n'y ont vu que de folles rêveries. Ces principes, dangereux peut-être dans une autre bouche, devaient exciter la défiance, dès qu'ils étaient mêlés à l'astrologie judiciaire et aux plus étranges abus de l'imagination. Ajoutons que l'époque où parut la Cité du Soleil était moins favorable, et devait l'empêcher d'être populaire. Thomas Morus avait écrit au premier souffle de la Réforme, lorsque l'esprit d'examen s'éveillait de toutes parts, et mettait en question la légitimité des institutions religieuses et sociales. Une inquiétude générale agitait les esprits, dans l'attente de l'avenir : il s'agissait de diriger le grand mouvement qui devait remuer l'Europe. Faut-il s'étonner que l'apparition de l'Utopie ait été un signal d'alarme, que la réfutation ait été jugée nécessaire? Un chancelier d'Angleterre essayait de déterminer la nature d'une société reposant sur les principes d'une réforme radicale, et la réforme radicale était partout, en Angleterre, en Allemagne, en France même. Mais, un siècle après, le mouvement était passé. On ne voulait plus innover; on voulait asseoir les institutions sur une base plus ferme et plus solide. Si de grandes questions se débattaient alors en Europe, partout, excepté peut-être en Angleterre, elles étaient d'une nature différente. Point d'effervescence dans les esprits; plus de tentatives radicales ; elles avaient péri par leurs abus et leurs excès. Qu'importait alors qu'un moine napolitain au fond d'une prison de la Calabre rêvât, dans de mystiques hallucinations, on ne sait quel bizarre avenir de la société? Qu'importaient son nouveau christianisme, ses inventions merveilleuses, et les folies astrologiques par lesquelles il croyait préparer l'homme à l'immortalité?

Campanella venait donc trop tard. Il joua sans doute un rôle très réel, et contribua pour sa part au mouvement des esprits qui s'opérait à cette époque. Il y contribua par ses hardiesses philosophiques, par son indépendante originalité, qui semblent en faire un précurseur de Bacon ou de Descartes. Mais sa philosophie eut plus d'importance relative que d'importance absolue ; et, quant à la Cité du Soleil, le plus monstrueux de ses rêves, et le dernier écho de réformes dès lors abandonnées, elle eut le même sort que ces réformes.

CHAPITRE V.

Successeurs de Campanella. — Conclusion.

Ce n'est pas qu'il n'y ait eu au XVIIe siècle toute une école de libres penseurs pour perpétuer les traditions du siècle précédent, et servir de transition à celui qui devait suivre. Ni dans l'ordre politique, ni dans l'ordre moral, le despotisme de Louis XIV ne put arrêter cet essor d'indépendance né bien avant lui. En France et hors de la France, la chaîne se continua non interrompue. Mais ceux qui protestèrent le plus vivement contre la société contemporaine, ceux qui arborèrent le plus haut le drapeau réformateur, ne songèrent pas à bouleverser le monde de fond en comble pour mieux refaire l'ouvrage de Dieu. A peine quelques livres présentent-ils dans le fond ou dans la forme quelque vague souvenir des utopies de Thomas Morus ou de Campanella.

Un homme en France prit Campanella pour modèle; mais il est difficile de croire que Cyrano Bergerac ait eu un but arrêté, lorsqu'il écrivit son Histoire des états et royaumes du soleil. Quelles pensées philosophiques peuvent être cachées dans ce fatras d'aventures bizarres, incohérentes, que le lecteur se fatigue à suivre? Elles ont fait soupçonner une allégorie. L'allégorie est-elle relative à la science, et la prudence a-t-elle ici pris le masque de la folie? D'autres en décideront; mais pour y découvrir une allégorie politique ou morale, il faudrait comme une seconde vue. Aucune des questions traitées par les utopistes ne se retrouve ici; c'est à peine si l'on pourrait par une induction subtile arriver à quelques propositions sur l'âme du monde, sur les qualités occultes de la matière, sur les points où se confondent la physique et la philosophie. La rencontre faite par Cyrano, emporté au milieu des nuages dans une planète éloignée, du grand philosophe Campanella qui lui explique le système du monde, et lui montre comment tous les objets de la nature sont doués d'une force vitale et de la faculté de sentir, rattache l'auteur de l'histoire des Etats du Soleil à celui de la Cité solarienne: mais la plus grande conformité qu'il y ait entre eux est dans la hardiesse et l'extravagance. Disons seulement que Cyrano Bergerac eut l'avantage d'être un sceptique et non un croyant. Campanella écrit avec le fanatisme d'un illuminé, Cyrano avec l'ironie d'un incrédule. Campanella veut initier ses lecteurs à une science mystérieuse dont il se fait l'apôtre; il leur prêche du haut de son mysticisme, et ne parle qu'en langage figuré; Cyrano semble rire et d'eux et de lui-même. L'esprit du siècle était plus favorable à cette seconde manière. On a ri du maître dont la pensée était plus sérieuse; on a pris au sérieux le rire ironique du disciple, on a cherché un sens profond dans sa folie. On n'a pas osé croire que cette forme à dessein extravagante, et cette allure dégagée d'un style plein d'originalité et de verve, pussent ne couvrir qu'une simple débauche d'esprit.

L'apparition de la philosophie cartésienne, qui attira vers elle toutes les hautes intelligences, fit oublier les essais infructueux de cette école qui, partie de l'étude des phénomènes naturels, était tombée de bonne heure dans les plus étranges écarts de l'imagination. Comme on rentrait dans la voie de l'observation et de l'expérience, la discussion des grandes questions politiques ou sociales fut transportée sur un autre terrain que sur celui des utopies.

Cependant, au moment même où mourait le dernier bruit de la grande Réforme religieuse du seizième siècle, on voyait s'annoncer de loin les révolutions politiques qui, depuis, se sont propagées dans le monde entier. L'Angleterre, dans la dernière partie du règne de Charles Ier, fut un champ de bataille livré à tous les systèmes, à toutes les croyances. Vingt sectes diverses aspirèrent tour à tour à dominer dans son sein : plus d'une, comme celle des Niveleurs, agit sans doute sous l'influence d'idées qu'avait popularisées Thomas Morus. Bien que la religion ait joué un grand rôle dans ces luttes, et que l'on éprouve quelque peine à déterminer exactement la nuance politique de chacune des factions qui ont pris part à la révolution anglaise, on ne saurait douter que les opinions extrêmes et tout à fait radicales n'aient été répandues dans une certaine sphère. Depuis les Saxons et les Lollards jusqu'aux Niveleurs et aux Chartistes, l'Angleterre a toujours nourri chez elle un parti plus ou moins contraire au droit de propriété. Les lois qui empêchent la propriété foncière d'être accessible à tous devaient avoir cette conséquence naturelle.

Hobbes, auteur du *Léviathan*; Harrington, contemporain de Cromwell, et auteur de l'*Oceana*, sont les représentants de cette nouvelle école d'utopistes, qui compta plus tard Hume parmi ses disciples. Leur point de départ n'est plus le même que celui de Campanella, ou du moins, s'ils cherchent encore leur appui dans la philosophie, c'est dans une philosophie toute différente. Ce n'est pas non plus l'Eglise qu'ils ont sans cesse sous les yeux et qu'ils prennent pour modèle : c'est la reconnaissance des droits politiques de l'homme, c'est l'organisation de la société civile à laquelle ils subordonnent en général la société religieuse, qui les occupent de préférence.

Cette perpétuité des utopies dans la patrie de Thomas Morus serait une preuve suffisante de la popularité de son livre, si le goût de la nation ne s'était emparé de ces voyages imaginaires pour les multiplier sous toutes les formes. Ce fut en Angleterre le genre de récits le plus commun. On en retrouve la trace jusque dans le spectateur d'Addison et le roman de Swift: mais de Thomas Morus à Swift, de l'Utopie qui met en question les principes fondamentaux de toute société humaine à la satire ingénieuse qui attaque sous une forme populaire et sous le manteau de la folie les vices d'une époque, on peut apercevoir tout le chemin que l'idée première a parcouru. Elle est presque devenue méconnaissable, tant elle a eu de transformations à subir ; enfin, dès qu'elle a quitté sa gravité première pour prendre le grelot et la marotte, elle cesse réellement d'exister. Swift a fait en Angleterre pour les utopies ce que

Cervantes a fait pour les romans chevaleresques. C'étaient deux genres sérieux, mais manquant de vérité : ils ont succombé sous le coup de deux spirituelles parodies.

En France, dans la seconde moitié du dix-huitième siècle, la révolution qui grondait sourdement eut pour avant-coureurs de libres et hardis théoriciens. L'abbé Morelly (1) attaqua le principe de la propriété individuelle. Mercier (2) et J.-J. Rousseau donnèrent le signal de nouvelles réformes, comme autrefois Occam et Wiclef. Déjà ils dépassaient le but proposé, et la philosophie les désavouait elle-même. Leurs idées exagérées par l'enthousiasme donnèrent bientôt naissance à de nouveaux rêves, et c'est sous l'influence de ce mouvement alors imprimé aux esprits que nous vivons encore.

Nulle réforme ne peut se faire dans les idées ou dans les lois, sans que la lie des partis extrêmes, remuée un instant, ne monte à la surface, et que les principes de la société ne soient en péril. Le vent de la révolution française a ébranlé jusque dans leurs fondements les édifices les mieux assurés. Notre époque ressemble, sous beaucoup de rapports, au seizième siècle. Aussi de nos jours les annonces de croyances nouvelles, de régénération sociale, n'ont-elles pas manqué; le dix-neuvième siècle a eu déjà ses illuminés et ses fanatiques, qui, marchant sur les pas de Campanella et de Thomas Morus, ont partagé leur sincérité et leur erreur.

Il y a sans doute entre les utopies récentes et celles dont nous venons d'écrire l'histoire de graves différences : aujourd'hui la question religieuse ne joue plus comme par le passé un rôle exclusif ; les révolutions qui se sont accomplies, en réalisant en partie les principes d'égalité et de liberté politiques, les ont fait sortir des utopies, autrefois leur seul asile : l'accroissement de la production, du bien-être général, la constitution économique de la nouvelle société, ont surtout fixé les regards.

C'est une chose curieuse cependant que le présent ait ici reproduit le passé, quelque compte que l'on doive tenir de ces différences. Les théories modernes sont nées de la même manière que celles du seizième siècle. Elles ont subi les mêmes phases, et ce ne serait pas trop s'aventurer que de dire : Elles meurent ou elles mourront de même. Si la règle

---

(1) Dès 1753.

(2) Auteur de l'An 2440, ouvrage publié en 1771.

des *Ricorsi*, dont Vico voulait faire une des lois fondamentales de l'histoire, était quelque part applicable, ce serait ici assurément : il ne serait pas facile de trouver ailleurs entre deux séries de faits une parité plus frappante. Peut-être verrait-on encore les théories socialistes se renouveler et faire leur temps, si les circonstances qui les produisirent au seizième siècle et au dix-neuvième venaient à reparaître, car c'est surtout à des époques semblables que l'on agite les deux problèmes sur lesquels reposent au fond toutes les utopies, le problème de la légitimité de l'ordre social pour le présent, et celui de la meilleure forme de société pour l'avenir.

Nous nous sommes demandé, au début, si les utopies contemporaines de la Renaissance et de la Réforme ont exercé une influence sur leur époque, ou si elles ont glissé sans laisser de traces. Nous croyons pour nous qu'elles ont exercé une influence très réelle. Par cela même qu'elles se sont souvent renouvelées, elles ont été, s'il est permis de le dire, légitimes et nécessaires. Mais, pour apprécier leurs résultats à leur juste valeur, il faut ici revenir à l'analyse par laquelle nous avons commencé, et chercher quel a été le sort de chacun des problèmes agités par les utopistes.

La question religieuse et la question philosophique ont été plus tard résolues dans un sens assez conforme, la première à la pensée de Thomas Morus, qui prêchait la tolérance et condamnait le fanatisme ; la seconde à la pensée de Campanella qui, malgré ses erreurs, a la gloire d'avoir un des premiers proclamé l'indépendance de l'esprit humain.

Les questions d'égalité et de liberté politiques ont été popularisées par les utopies qui ont ainsi hâté le jour où ces idées devaient passer en partie de la spéculation dans la pratique. La société ecclésiastique, qui a toujours servi de modèle à la société civile, les avait depuis longtemps adoptées. Elles devaient l'être tôt ou tard par la société civile : Thomas Morus et Campanella ont contribué pour leur part à ce résultat.

La question d'abolition de la propriété a été au contraire énergiquement repoussée. La distribution de la richesse et l'organisation du travail : tel est le côté faible des utopies du seizième siècle. Cependant l'importance de l'économie et la fécondité du principe d'association ont été entrevues par elles pour la première fois, quoique d'une manière encore vague et incomplète.

Ainsi considérées comme le produit d'illusions généreuses et dépouillées de toute valeur absolue, elles ont cependant leur place dans le travail commun de leur époque : chacun de leurs auteurs est venu porter sa pierre à l'œuvre de la civilisation. Elles ont entretenu dans les esprits l'idée d'un progrès que l'on peut constamment atteindre ; elles ont mis un obstacle à la paresse et à l'immobilité, en rappelant sans cesse que les sociétés sont faites, comme les hommes, pour améliorer leur destinée. Prévenant enfin par leurs excès même contre les écarts des imaginations trop vives et les espérances prématurées, elles ont mis un frein aux plus zélés, et contenu les réformes dans les bornes qu'elles ne pouvaient dépasser sans périr. Voilà pourquoi nous avons cru qu'il n'était pas sans intérêt de faire en quelques pages l'examen de ces tentatives, qui sont des rêveries déjà loin de nous, mais qui méritent de ne pas être complètement oubliées.

Vu et lu,

A Paris, en Sorbonne, le 12 février 1843,

Par le Doyen de la Faculté des Lettres de Paris,

J.-Vict. LE CLERC.

Permis d'imprimer,

l'Inspecteur général des Études, chargé de l'administration de l'Académie de Paris,

ROUSSELLE.

Paris, Imprimerie de Paul Dupont et comp. Hôtel des Fermes, 55